剣　目安番こって牛征史郎5

早見俊

時代小説

二見時代小説文庫

父子の剣——目安番こって牛征史郎5

目　次

第一章　同心、河瀬吉太郎

一

「まだ、まだ！」

花輪征史郎《はなわせいしろう》の声が響き渡った。

上野山崎町一丁目にある無外流《むがい》坂上《さかがみ》道場である。武者窓から強い陽が差し、板敷きに格子の影を落としている。蝉時雨《せみしぐれ》が辺りを覆い、猛暑をいやが上にも際立たせていた。そんな酷暑を迎えた宝暦二年（一七五二年）の六月、征史郎は六尺（約一八二センチ）、三十貫（約一一二キロ）という巨体を汗で濡れた紺の胴着に包み門弟相手に稽古に励んでいた。一人で三人を相手に奮闘している。

「こら、気合いが足りんぞ」

ばて気味の三人に余裕の笑みを送った征史郎は木刀を正眼に構え直した。三人は肩で息をしながら征史郎に木刀を差し出してくる。

「さあ、来い!」

上段に構え、胴を三人に晒《さら》した。仁王が立ちはだかったようだ。真ん中の一人が呼吸を整え、気合いと共に突進して来た。相手を懐の内に入れておいてから木刀を電光の速さで振り下ろした。一人は木刀を落とし前のめりに転倒した。次いで、残る二人にも容赦なく木刀を向ける。二人は、「まいりました」と告げた。

見所で道場主坂上弥太郎《やたろう》が、

「しばし、休憩とする」

と、明瞭な声で告げた。張り詰めた空気が緩《ゆる》んだ。征史郎の顔も仁王から一変した。目はやさしげに和《なご》み、巨大な体軀と相まってこって牛のような容貌となった。汗にまみれた顔を胴着の袖で拭い稽古場を出た。夏の日差しに照らされた庭は白っぽく光り、地は焦がされ陽炎《かげろう》が立ち上っていた。木々は濃い緑と蟬時雨で覆われている。井戸に向かい、もろ肌脱ぎになった。

赤銅色《しゃくどういろ》に日焼けし、鋼《はがね》のような分厚い胸板が玉のような汗を弾《はじ》く。釣瓶《つるべ》の水を頭からかぶった。冷たい井戸水が火照《ほて》った肌と燃え立っていた闘争心を爽《さわ》やかに鎮《しず》めてくれる。

「ふう」

紺碧の空を見上げた。充実した気分に浸れた。樫《かし》の木陰に身を入れると、そよ風を感じることができ、このまま昼寝をしたい誘惑に駆られた。そこへ、

「征史郎さま」

と、老 鴬《おいうぐいす》のような心地良い声がした。弥太郎の妹早苗《さなえ》である。白地に朝顔を裾模様にした小袖に紅色の帯を締めている。かぐわしい香りを漂わせ、化粧気のない瓜《うり》実顔《ざねがお》に淡い紅《べに》を注《さ》していた。だらしなく鼻の下が伸びた。

「お客さまですよ」

五尺に満たない小柄な早苗は征史郎を見上げるようにして告げた。見とれていた征史郎は気を取り直すように、

「客人……。わたしにですか」

「はい、河瀬《かわせ》さまとおっしゃっていました」

少しの間、記憶の糸を手繰《たぐ》ったのち、

「ああ……。吉蔵《きちぞう》ですか」

早苗は小首を傾げ、

「吉蔵……、と、おっしゃるのですか」

戸惑うように問い返したが、客間でお待ちいただいていますと告げ母屋に向かった。

「吉蔵が何用だ、まさか」

井戸水に濡れた上半身を手拭で拭き胴着を着た。河瀬吉蔵は元南町奉行所の隠密廻り同心を務めていた。今は隠居し、征史郎と共に働いている。禄高千石の直参旗本花輪家の次男坊と元隠密廻りという二人が一緒に働いている仕事とは……。

目安番《めやすばん》。

幕府の役職にないこの仕事を二人は担《にな》っている。将軍徳川家重《とくがわいえしげ》の側近、御側御用取次大岡出雲守忠光《おおおかいずものかみただみつ》によって設けられた役職である。君側第一の臣大岡忠光は家重を守るため、昨年の秋にこの役職を設けたのである。

設けた背景には家重の持病が深く関わっていた。家重は生来、言葉が不自由である。このため、父で八代将軍であった吉宗《よしむね》は後継将軍を選定する際、弟の田安宗武《たやすむねたけ》を推すか迷った。幕閣、御三家も家重、宗武どちらが将軍に就任すべきかで意見が分かれた。

吉宗は、家重派、宗武派で幕府が割れることを危惧し、長子相続の原則を優先して家重の将軍就任を決定した。言語障害を抱える家重の政《まつりごと》は大御所として吉宗が後見したことで、順当に行われた。

ところが、昨年の六月に吉宗が薨去《こうきょ》すると、鳴りを潜めていた宗武を推す勢力が鎌首をもたげてきた。家重の失政を策動し、宗武擁立を虎視眈々と狙い始めたのだ。家重幼少の頃より側近くに仕える忠光は家重の言葉をただ一人、聞き分けることができる。

宗武派が家重の失政を策動するにあたり、利用しようとしているのが目安箱である。目安箱とは吉宗が民の声を政に生かそうと、江戸城外辰《たつ》の口にある評定所《ひょうじょうしょ》前に設置した投書箱である。小石川養生所が目安箱の投書によって創設されたことは有名だ。目安箱に投書するには氏名、住所を明記する必要がある。でないと、根も葉もない事柄を好き勝手に投書できるからだ。鍵は将軍が持ち、投書は将軍のみが目を通す。つまり、目安箱の投書は将軍自らが決裁するのだ。

ここに、宗武派のつけ入る隙があった。

言葉の不自由な家重に独断で決裁させることにより、失政を誘おうというのだ。そこで、忠光は目安箱の投書を検《あらた》め、厄介な投書を予《あらかじ》め解決しようと考えた。その、解決を行う者、すなわち、「目安番」に征史郎と吉蔵を選んだのである。

そんな吉蔵が訪ねたということは、忠光の内命が下ったものと想像できた。しかも、屋敷にではなく、わざわざ道場までやって来たとなると役目の重さが窺える。いやが上にも緊張が走る。

征史郎は表情を硬くし母屋の玄関に入った。式台に上がり廊下を奥に進む。縁側に出て庭に面した居間に入った。吉蔵がいた。一人ではない。若い男と一緒である。どこかで見たことがある。誰だったかと記憶を手繰《たぐ》りながら、

「よく来たな」

気さくな調子で吉蔵の前に座った。普段の吉蔵は隠密廻りの頃からの習慣で棒手振《ぼてふ》りの魚売りの扮装で訪ねて来る。ところが、今日は髷《まげ》を武家風に結い、絽《ろ》の夏羽織に黒っぽい小袖を着流し、博多帯を締めていた。脇には大刀を置いている。若い男は萌《もえ》黄《ぎ》色に縞柄の小袖、絽の夏羽織、懐から十手《じって》が覗いていた。八丁堀同心のようだ。町奉行所の同心を伴ったことからして、忠光の内命が益々重いものと察せられる。

そのことを裏付けるように吉蔵は思いつめたような顔をしていた。元々、めったに快活な表情を浮かべることのない男であるが今日は尚のことだ。言葉をかけようとした時に早苗が茶を運んで来た。早苗は征史郎の前に茶を置くと一礼して去った。一陣の薫風が吹いたようだ。征史郎が茶碗に手を伸ばしたところで、

「若、こいつは倅《せがれ》の吉太郎《きちたろう》です」

恥ずかしそうに身をよじらせながら言った吉蔵の言葉は、降り注ぐ蝉の鳴き声が重なり、かろうじて聞き取ることができるほどに頼りないものだった。それでも、ようやく思い出すことができた。

そうだ、吉蔵の息子だ。

一度、ある殺しの一件で公儀目付を務める兄征一郎《せいいちろう》を訪ねて来たことがある。吉蔵と目安番の仕事を行うようになってから間もなくのことだった。吉蔵の息子ということでどんな男なのだという興味から二人が面談をしている隣の部屋で盗み見たのだった。親父に似ず、世間ずれがしない朴訥な人柄だと意外な思いがしたものだ。それから、饅頭《まんじゅう》の大食い大会で共に決勝に残ったことがあった。優勝は征史郎だったが、ひょろりとした頼りなげな見かけとは違い、思いのほか善戦していた。そんなことを思い浮かべていると、

「河瀬吉太郎と申します」

吉太郎は居住まいを正し挨拶を送ってきた。思わず構えてしまうくらいの丁寧さだった。

「直参旗本花輪征一郎《せいいちろう》の弟で征史郎と申す」

征史郎も軽く頭を下げた。

さて、今度はどんな役目かと思った。が、ふと疑念が脳裏を過《よぎ》った。忠光は二人に目安番の役目のことを身内にも漏らしてはならないと釘を刺していた。征史郎自身、兄にも内密にしている。律義者の吉蔵が息子に役目のことを話しているとは思えない。

すると、今日の訪問は目安番の仕事ではないということか。

いぶかしむ征史郎に向かって吉蔵は、

「吉太郎を坂上道場に入門させて欲しいんです」

二

「入門というと、坂上道場で剣術修行をしたいということか」

言葉にしてから、当たり前のことを問うたのを悔いた。吉蔵は困ったように顔をしかめ、

「はい。是非、お願いします」

と、両手をついた。次いで、のほほんとした顔で座っている倅の羽織の袖を引き、

「おまえからも、お願いしないか」

吉太郎は口をもごもごとさせていたが、

「お、お願いいたします」

と、頭を下げた。意外な用件に小さな驚きを抱きながらも、

「それは、道場主たる弥太郎殿の許可が必要だが、本気で修行したいというのならおれから頼んでやることはやぶさかじゃない」

吉蔵は安堵のため息を漏らした。ふと、疑念を抱いた。

「今、どこかの町道場に通っているのではないか」

吉蔵は吉太郎に厳しい視線を送った。吉太郎はうつむき加減に、

「いえ、以前は八丁堀にある直心影流《じきしんかげりゅう》都喜重郎《みやこきじゅうろう》先生の道場に通っておったのですが、今はどちらにも通っておりません」

「何故、辞めた」

「はあ、その、馴染《なじ》めぬと申しますか、肌が合わないと申しますか」

吉太郎が言い訳めいた物言いをしたものだから吉蔵は眉間に皺を寄せ、

「要するに耐えられなくなってけつを捲くったんですよ」

と、吐き捨てた。吉太郎は頬を赤らめ目を伏せた。

「うちの道場も厳しいぞ」

征史郎は茶をごくりと飲み干した。

「鍛えてやってくださいよ」

吉蔵は苦い顔をした。征史郎は用件が分かり、あぐらをかいた。

「なんで、急に剣術修行をしようなんて思ったんだ」

「それがね」

吉蔵が答えようとしたものだから、

「倅に聞いているんだよ」

吉太郎に向かって顎をしゃくった。吉太郎は情けないことですが、と前置きしてから、

「先日、捕物《とりもの》でしくじってしまったのです」

吉太郎は寺社方から要請を受けて深川のある寺で開かれている賭博摘発に向かった。あいにく、手入れの情報が漏れていたせいか、下っ端しかいなかった。それでも、捕縛しようと努めたが、逃げるのに必死だったやくざ者は匕首《あいくち》を振り回して抵抗した。吉太郎はすくみ上がってしまった。十手を弾き飛ばされ、危うく命を落としそうになった。同僚の助けによって事なきを得たが、その腰の引けた様子は奉行所で顰蹙《ひんしゅく》を買い、吟味方与力村岡玄蔵《むらおかげんぞう》から満座の中で叱責を受けた。すっかり、面目を失った吉太郎は剣術修行をやり直そうと決意したという。

「そう思ったのですが、今更、八丁堀の道場には行けません」

吉太郎はうなだれた。

「それで、うちの道場にな」

吉蔵に視線を転ずると、

「すんません。親馬鹿ですが、真面目だけが取り柄の男です。こいつを一人前に鍛えてやってください」

吉太郎に視線を戻すと、

「お願いします」

吉太郎は真剣な表情で訴えかけた。

「言っとくが生半可な気持ちじゃだめだぞ」

「はい」

「口じゃなんとでも言えるんだ」

「分かっております」

「うちの道場では、けつを割ることは許さんぞ」

釘を刺すと、

「絶対に辞めません」

吉太郎は声を励ました。

「親父の前でこうまで言うんだ。武士に二言《にごん》はないだろう。分かったよ、引き受けようじゃないか」

征史郎が請け負ったものだから、

「すんません」

吉蔵もほっと目元を緩ませた。

「ならば、早速」

征史郎は縁側に立ち、早苗を呼んだ。早苗は笑みをたたえながらやって来ると、

「今日から入門を希望しております河瀬吉太郎です」

吉太郎の素性を紹介した。

「まあ、町方の同心でいらっしゃいますか」

早苗は兄を呼んでまいりますと玄関に向かった。

「お美しい方ですね」

吉太郎はぼうっとした顔になった。たちまち、怒りがこみ上げる。

「馬鹿者、そんなことで剣術修行ができるか」

征史郎のあまりの怒りように吉太郎はどぎまぎしてうつむいた。やがて、弥太郎が

やって来た。紺の胴着に身を包み、精悍な顔立ちの口元を綻ばせ穏やかな面差しで征史郎の横に座った。

「道場主の坂上弥太郎殿だ」

征史郎が紹介すると、

「入門を希望します、河瀬吉太郎です」

吉太郎は両手をついた。

「南町の同心をお務めとか」

弥太郎は面差し同様の柔らかな物言いをした。吉太郎はしっかりとした口調で返事をした。

「これまでに、剣の修行はなさってておられたのかな」

吉太郎は正直に捕物での失敗により、剣術修行を思い立ったこと、八丁堀の道場には通えなくなったことを話した。弥太郎は黙って聞いていたが、

「征史郎殿が承諾されるのなら、わたしに異存があるはずがござらん。いつなりと、稽古に通われよ」

「ありがとうございます」

吉太郎と吉蔵は同時に返答した。

「よし、思い立ったが吉日だ。早速、これからやるか」

征史郎は立ち上がった。吉太郎は戸惑っていたが、

「分かりました」

と、頬を引き締めた。

自分が坂上道場に入門した頃からの日々が思い出された。

征史郎が入門したのは十歳の頃だった。先代の道場主弥兵衛《やへえ》は征史郎にとって剣のみならず人生の恩師となった。体格に恵まれ、力任せになっていた征史郎の剣を矯正した。剣ばかりではない。部屋住み仲間とすさんだ暮らしをしていた征史郎を、剣を通じて更生させてくれたのだ。

その弥兵衛は一昨年死に息子の弥太郎が跡を継いだ。

三

それから、二日後、征史郎は深川の永代寺の門前町にある蕎麦屋長寿庵《ちょうじゅあん》にやって来た。白絣の単衣《ひとえ》を着流し、黒の角帯という気楽な格好だ。但《ただ》し、腰の大刀だけが周囲に無言の威圧を放っている。刃渡り三尺という長寸の大刀鬼斬り静麻呂《しずまろ》、京の都で

こしらえた征史郎自慢の業物《わざもの》である。

これから、蕎麦の大食い大会がある。征史郎が大食い大会に出場したり、目安番の仕事を引き受けたのには坂上道場が大いに関係する。

恩師弥兵衛の一周忌法要がすんだのち、師範代海野玄次郎《うんのげんじろう》が門弟の半数以上を引きつれ独立した。折りしも、五百両を費やして道場を増改築したばかりのことだった。多額の借財の返済に役立てようと征史郎は大食い大会の賞金、目安番の報奨金を提供しているのだ。

長寿庵は馬場通りに面した間口五間、信州更科《さらしな》の蕎麦を食べさせる、近頃評判の店だ。会場は一階の入れ込みの座敷すべてを使って行われる。昼八つ（午後二時）を迎え、一般の客はいなく、大会に出場する兵《つわもの》が集まっている。出場資格は過去一ヶ月以内に長寿庵において一度に盛り蕎麦三十枚以上を食したことのある者に限られていた。

もちろん、征史郎は楽々と資格を満たしている。道場の財政を助けるためにも必勝を期しての出場だ。

炎昼《えんちゅう》の門前町は人気《ひとけ》がなく妙に静まり返っていて、野良犬すらも舌を出して息も絶え絶えといったありさまだったが、ここ長寿庵だけは賑やかな声が溢れ、活気がみなぎっていた。それもそのはずである。優勝者には金五両と金一両分の蕎麦切手がもらえるのである。出場者は欲の皮を突っ張らせ、蕎麦より先に自分が茹《ゆ》だりそうだ。

店の中を見回すと、

「待ってました」

と、声をかけられた。頭を丸め、この暑いのに小紋の派手な着物に色違いの羽織を重ね、白足袋に雪駄《せった》履き、扇子をぱちぱちとやっている。見るからに幇間《たいこもち》といったこの男、久蔵《きゅうぞう》という正真正銘の幇間である。征史郎が大食い大会に出場すると小判鮫のようにつきまとい、賭け金を募っては、征史郎に還元していた。征史郎は優勝すると優勝賞金とは別に久蔵が集めた賭け金の一割をもらう約束になっている。賭け事は好ましくはないが、これも道場のためだと割り切っている。

「為五郎《ためごろう》の奴、どうだ」

為五郎とは仙台藩お抱えの力士百川《ももかわ》為五郎のことである。征史郎とはあちらこちらの大食い大会で優勝を争っている。今回は露骨な対抗心を燃やし、絶対に負けないと久蔵を通じて挑戦してきた。

「それは、もう大した気合いの入れようですよ」

久蔵が視線を向けると、白絣の浴衣《ゆかた》を身にまとった為五郎は土間で四股《しこ》を踏んでいた。周りを仙台藩の藩士と思《おぼ》しき侍たちが取り巻いている。為五郎は征史郎の姿に気づいたが、動きを止めることはなく不敵な笑いを浮かべた。征史郎も挑戦的な笑顔を投げ返した。座敷には二十人ほどの男女が大会の開始を待ち構えている。商人風の男、職人姿の町人にまじって侍が一人ぽつんと座っていた。薄い灰色の単衣を着流しにした気軽な格好ながら、どことなく品を感じさせる風貌だ。

白髪をきちんと結い、月代《さかやき》や髭はきれいに剃られている。乾いた肌だが、顔色は悪くない。また、枯木のように痩せているが、貧弱な身体つきではなかった。

つい、気になり視線を向けてしまう。久蔵も気づき、

「どっかの御直参のご隠居さまですかね」

と、扇子で口を隠しながら言った。

「大方、そんなところだろう」

よほどの蕎麦好きに違いない。

「大したこと、ありませんよ」

久蔵は洟《はな》もひっかけないようだが、

「いや、案外とああいう御仁《ごじん》が手ごわいものだ」

侍の落ち着きぶりに油断大敵と心を引き締めた。久蔵は気にする素振りも見せない

で、

「なら、あたしは、応援しますんで」

と、座敷の隅を見た。久蔵が集めた応援団がいた。商人風の男と彼らの馴染みと思われる芸者達だ。征史郎が視線を向けると、手を上げて声援を送ってきた。見物人の中に吉太郎がいた。久蔵のように派手な応援をすることはなく、控えめな目で一礼した。長寿庵の前掛けをつけた中年の男が座敷の真ん中にやって来た。優男《やさおとこ》然とした物腰の柔らかな男だ。

「みなさん、お集まりのようなのでこれより開始したいと存じます」

続いて、土間にある太鼓が打ち鳴らされた。男は長寿庵の主善五郎《ぜんごろう》と名乗り、大会優勝者には金五両と一両分の蕎麦切手を手渡すと告げた。

「半時（一時間）の間に一枚でも多く平らげた方が優勝でございます。但し、お腹を壊されたり、まかり間違って蕎麦を喉に詰まらせて死んでしまったとしましても、当方は責任を負うことはできませんので、気をつけてお召し上がりください」

萌黄色のお仕着せに襷掛けの女中たちが出場者の前に蕎麦を置いた。まずは、十枚分が置かれた。つゆと山葵《わさび》に葱《ねぎ》も添えられる。蕎麦の香りが座敷に漂った。

「さあ、よろしいですね」

善五郎は一同を見回した。為五郎は征史郎の正面に座り舌なめずりをして見せた。初老の武士に視線をやると落ち着いた表情で蕎麦を見下ろしている。蕎麦は艶めいて食欲をそそっている。もちろん、味わうゆとりはない。

善五郎の右手が上がった。太鼓が叩かれた。

「こって牛の若、しっかり」

久蔵の声援がした。仙台藩の藩士達もさかんに為五郎を叱咤激励する。座敷が出場者と見物人の熱気でどよめいた。征史郎は手づかみで山葵と葱を蕎麦つゆに入れると箸を持ち、蕎麦を手繰《たぐ》った。つゆにつけるかつけないうちに口に運ぶ。喉越しに蕎麦の冷たさが感じられ涼を覚えることができた。

——美味い——

さすがに評判の蕎麦屋である。腰といい、食感といい、香り、味わい、すべてに一級だ。嚙むのも惜しいくらいである。これなら、何枚でもいけそうだ。

もちろん、のんびりと味わっているわけにはいかない。一枚でも多く胃の中に納めなければならないのである。為五郎は征史郎には目もくれず、一心不乱に蕎麦を手繰っている。巨大な身体を折り曲げ、必死の形相であった。蕎麦を食べているというよりは、相撲を取っているような真剣さである。侍に目を向けると、書画でも行っているがごとくの姿勢の良さを保っていた。背筋をぴんと伸ばし、悠然と蕎麦をすっている。

——他人のことなどかまっている場合ではない——

己に鞭《むち》を打ち、蕎麦に向かった。

座敷に蕎麦をすする音が満ちた。征史郎が七枚を平らげたところで、為五郎が、

「お代わり」

と、叫んだ。女中がせいろ五枚を持って来た。すると、あちらこちらから追加を求める声が上がった。征史郎も、

「こっちもだ。めんどうだから、十枚持って来てくれ」

「いいぞ、こって牛の若」

久蔵が扇子をひらひらとさせた。芸者が黄色い声を出した。声援も耳に入らなくなった。持って来られた蕎麦を挑むように受け取る。出場者の顔にゆとりがなくなった。顔を上げることなく黙々と蕎麦をすすり上げることに専念している。みな、三十枚は難なく食べきった。そろそろ、座敷の中を苦しそうな声が漏れ始めた。

「あんた、もうやめときなよ」

心配そうな声を出したのは大工の女房のようだ。

「頭《かしら》、もう十分ですよ」

鳶職の連中が頭を心配している。こうして、二十人の参加者は一人減り、二人減りしていった。あちらこちらで、

「もう、食えねえ」

「蕎麦を見たくもねえ」

と、情けない声が溢れた。

四

征史郎は四十枚目を平らげた。まだまだいける。為五郎に目をやると、十枚積みのせいろが五つ並べられ、さらに三枚目に手をかけている。五十三枚、十三枚の差がつけられた。しかし、焦りはない。心にゆとりすら感じていた。侍は四十二枚である。少しも姿勢を崩さず、口元に笑みをたたえていた。見ていて気持ちのいいものだ。

四十一枚目を手繰った。

「もっと、いけ」

仙台藩の藩士が甲走《かんばし》った声を出した。為五郎はその叱咤に押されるように箸を忙し

く動かした。すると、にわかに為五郎の目が大きく揺れた。顔から湯気が立ち上るんじゃないかと思われるほどに顔を真っ赤に染めている。何を焦りだしたのだと為五郎の視線を追うと、見物客の中にひときわ大きな浴衣姿の男がいた。一見して相撲取りと分かった。為五郎と同じ仙台藩のお抱えかと思ったが、仙台藩の連中とは距離を置いているし、為五郎のただならない態度を見れば他藩お抱えなのだろう。きっと、好敵手に違いない。

「為五郎も大変だな」

仙台藩から相当な圧力がかけられているのだろうと思うと同情心が湧き上がった。

そんな征史郎をあおりたてるように、

「若、負けてますよ」

久蔵が大声を出した。芸者の声も聞こえる。あちらこちらから、脱落する者の声がした。

「あと、四半時（三十分）ほどです」

善五郎の声が響き渡った。参加者は六人ほどになった。征史郎はこれからが本番だとばかりに、

「十枚くれ」

と、会場中に響き渡る声を発した。為五郎があわて始めた。それを嘲笑《あざわら》うように余裕の笑みを浮かべながら箸を進める。俄然、手繰る速度を上げる。蕎麦は踊るように勢い良く征史郎の口の中に納まっていった。征史郎の食べっぷりに会場からどよめきが起きた。あれよあれよという間にせいろが積まれていった。

対して為五郎は勢いを失っていた。苦しげなため息を漏らしている。蕎麦を手繰るというには程遠い、むしゃむしゃとするめでも噛むような動きだ。それでも、七十枚を重ねた。征史郎は六十二枚である。脱落者は増え、今や、征史郎と為五郎のほかはあの侍だけである。

侍は五十五枚を食べ終わったところだ。このままでは征史郎と為五郎に届くことはむずかしい。しかし、表情に焦りの色はなく、勝負よりも蕎麦を食べることそのものを楽しんでいるようだ。

征史郎は七十二枚を食べ終えた。

「おのれ」

為五郎がわめいた。征史郎に並ばれたのだ。

「いいぞ」

「がんばれ」

久蔵の音頭で応援団の気勢が上がった。

「しっかり、せい」

「仙台藩の看板に泥を塗るな」

仙台藩士も必死である。会場は征史郎と為五郎の争いに固唾《かたず》を呑んだ。目の端に久蔵が台所に入って行くのが見えた。が、そんなことに関心を向けている場合ではない。

すると、侍が、顔を上げ、

「つゆをくれぬか」

と、落ち着き払った声で告げた。征史郎も、

「こっちもだ」

為五郎は黙って催促の目を女中に送った。

「葱をたっぷり添えてくれよ」

征史郎は余裕を見せた。為五郎は額に脂汗を滲ませ首をぐりぐりと動かしている。息が上がっているようだ。

つゆが侍に運ばれた。侍は頬を綻ばせながら受け取り、葱を入れ山葵を混ぜた。それから、おもむろに蕎麦をひたす。丁度《ちょうど》六十枚目だった。

「お待ちどおさま」

女中が持って来たつゆを征史郎が受け取ろうとしたが、

「こっちだ」

と、為五郎が奪い取ってしまった。

「汚えぞ」

先ほど同情したのを後悔した。

「ふん」

為五郎はこれ見よがしに、つゆを脇に置いた。まだ、手持ちのつゆは残っている。明らかに征史郎に対する嫌がらせである。

――焦ってはいかん――

征史郎は座り直した。女中がつゆを持って来た。征史郎は心を静めるように大きく息を吸ってから蕎麦をひたした。この時点で、征史郎七十九枚、為五郎七十八枚だった。最後の追い込みだ。と、手繰ろうとした時、

「うう」

鈍いうめき声が聞こえた。為五郎の奴、蕎麦を喉に詰まらせたのかと思って視線を向けると、為五郎は必死の形相で蕎麦に挑んでいる。おやっと、思っていると、

「きゃあ」

今度は女の悲鳴が響き渡った。女中である。せいろを侍に運んでいた。そのせいろは女中の手を落ち、蕎麦が畳に散乱していた。座敷が騒然となった。侍は苦悶の表情を浮かべている。喉を押さえ、両目をかっと見開いていたが、すぐに蕎麦を吐き出した。

さては、喉に詰まらせたか。

落ち着いた食べっぷりだっただけに意外な気がしたが、その考えはすぐに誤りと悟らされた。侍の口から血があふれ出したのだ。

「おい」

征史郎はせいろを脇に押しやり、腰を上げ侍に向かった。侍は全身を痙攣《けいれん》させた。それから、激しく嘔吐した。背中に廻ってさすりながら、

「水だ」

女中をねめつけた。女中は震えだした。侍の顔がむくみ紫色になった、と思ったらその場に倒れ伏した。

「しっかりしろ」

声をかけたが、応答はなかった。枯木のように痩せた腕の脈を確かめたが、事切れていた。

「ど、どうしました」

善五郎が蒼くなって走って来た。征史郎は静かに侍の身体を畳に横たえた。そして、善五郎に向かって、

「毒を盛られたようだ」

「ど、毒でございますか」

善五郎は自分が毒を飲んだかのように喉を両手で押さえ目を白黒させた。為五郎は箸を置き、喉をかきむしった。それから、土間まで這って行き、

「おお」

猛獣のような叫び声と共に、猛烈な勢いで嘔吐した。

「この、武家は何者だ」

征史郎の問いかけに、善五郎は蒼くなりながら、

「御公儀御小納戸頭取《こなんどとうどり》近藤英之進《こんどうえいのしん》さまです」

「そいつは、大物だ」

征史郎の胸に暗雲が立ち込めた。

五

近藤毒殺事件が起こり、当然のことながら蕎麦の大食い大会は中止となった。見物人をかき分け吉太郎が、

「静まれ、南町奉行所の河瀬だ」

と、十手を差し出した。どよめきが起きた。征史郎も、

「善五郎、ここはこの河瀬殿に任せよう」

善五郎は地獄で仏に会ったような目でうなずいた。吉太郎はただちに、自身番と近藤の屋敷に使いを出した。そのうえで、

「では、みな、話を聞くまでは帰らないでいただきたい」

と、会場を見回した。すると、仙台藩の藩士達からたちまちにして苦情が起きた。自分たちは一切関わりない、町方の取調べは受けんという強硬な物言いをする者も出る始末だ。高圧的な物言いに屈しそうになる吉太郎を慮《おもんぱか》り、

「このような大事が起きたのです。貴殿らが毒を盛ったなど、考えられませぬが、取調べにご協力願うわけにはいかんか」

征史郎が前に出た。藩士らは、

「花輪殿が申されること分からなくはない」

「ほう、拙者をご存じであったか」

「当然でござろう。為五郎の好敵手だからな」

と、為五郎に視線を投げた。あちこちの大食い大会で征史郎を見知っているということだ。征史郎は恐縮するように顎を引いた。

「拙者、仙台藩勘定方向井平八郎《むかいへいはちろう》と申す、逃げも隠れもせぬ。用向きがあるのなら、後日、藩邸に尋ねてまいられよ。申しておくが、我らこの場から一歩も動いてはおらん」

向井は吉太郎に有無を言わさずにその場を離れた。為五郎も腰を上げようとしたので、

「おおっと、おまえは残るんだ」

征史郎に言われ、

「なんだと」

為五郎は不満いっぱいの顔をぶつけてきた。が、

「よろしいな」

向井に征史郎はねじ込んだ。向井は、

「よかろう」

そう吐き捨ててくるりと背を向けた。吉太郎に視線を投げ、

「よし、話を聞きな」

吉太郎がこくりとうなずいたところで、自身番から番太と書き役が駆けつけた。吉太郎は二人に見物客の素性と住居を書き留めさせた。為五郎が焦りの視線を向けた男は薩摩藩お抱えの力士岩力太郎右衛門《がんりきたろうえもん》と分かった。太郎右衛門は素直に調書に応じた。別段、怪しい点は見られなかった。その間に、医師が駆けつけ、検死が行われた。毒は蕎麦つゆに盛られたものと思われた。蕎麦としたら、征史郎も為五郎も死んだはずだ。

征史郎に捜査の権限はないのだが、吉太郎の脇に立って段取りに協力したことから自然と吉太郎を手助けする形となった。また、六尺、三十貫、仲間内から、「こって牛の若」と呼ばれ、八十枚を超す蕎麦を平らげた男を咎め立てする者はいない。それをいいことに、

「台所を調べるぞ」

と、吉太郎を急《せ》き立てた。吉太郎に異存があるはずがない。

二人は善五郎を伴って台所に入った。土間にへっついが並び、大きな釜が据えてある。大会出場者のために蕎麦が茹でられていた。

「つゆはどれだ」

征史郎の問いかけに善五郎はこれですと少し離れた所にあるへっついに向かった。濃厚な醬油、鰹節の匂いが鼻をついた。大きな釜に真っ黒なつゆがたゆたっていた。つゆは椀に入れられ、いくつかが脇に置かれた小机に並べられている。そこへ、一匹の猫が寄って来て、止める間もなくつゆに舌を伸ばした。たちまち、うなり声を上げ、その場に昏倒した。

「間違いないな」

征史郎はつぶやいた。

「毒はこの釜に入れられたんだ」

吉太郎が言うと善五郎は身体を震わせた。

「恐ろしいことでございます」

「あの時、為五郎の奴が横取りしていなかったら、おれもお陀仏だったわけだ」

そう思うとぞっとした。

「下手人は近藤さまを狙っていたわけではないのでしょうか」

吉太郎が言った。

「分からん。問題はいつ毒が盛られたかってことだ」

善五郎につゆの番をしていた者を問いただした。しかし、今日はとにかく大量につゆが消費されるため、番人などは置かず、ひたすら女中が椀に入れて運び続けていたという。

「台所への出入りは誰でもできたってことだな」

「ええ、まあ」

善五郎は考え考え答えた。

「誰もが毒を盛る機会があったということか……」

征史郎も考えた。吉太郎が、

「毒殺されたのは近藤さま、お一人です。ということは、つゆは少し前に盛られたことになりますね」

「良いところに目をつけたじゃないか」

征史郎はうなずいた。吉太郎は少しも誇ることなく、

「ならば、聞く。おまえ達店の者以外で台所に出入りした者はあったか」

女中達はしばらく口をもごもごさせていたが、

「あの人じゃない」

「ああ、そうよ」

何やら気になることを話している。

「誰だ」

吉太郎に問われ女中は困ったように口を閉じたが、善五郎に促され、

「それが、あの」

女中は座敷を覗いた。

「座敷にいるんだな」

吉太郎はやさしく聞いた。女中はしばらく視線を彷徨《さまよ》わせていたが、やがて、一人の男を指差した。

「あの人です」

指差された先には、

「久蔵……」

征史郎は呆然とした。その時、台所に入って行く久蔵の後ろ姿が思い出された。吉太郎は確認するように、

「あの男だな」

女中はこくりと、しかし、しっかりとした顔でうなずいた。

第二章　幇間の自白

一

久蔵は自身番に連れて行かれた。成り行き上、征史郎も一緒について来た。久蔵は征史郎が一緒ということを心強く思っているのか、幇間の業なのか、さかんに吉太郎に向かってよいしょを繰り返した。だが、吉太郎につきあう余裕はなく厳しい表情をたたえたまま、

「控えよ」

と、激しい声を浴びせた。久蔵は首をすくめ神妙な顔になった。土間を隔てて、小上がりになった板敷、その奥に畳敷がある。いずれも四帖半ほどの広さだ。畳敷には書き役が文机《ふづくえ》の前に座っていた。征史郎は吉太郎と共に畳敷に座った。板敷に久蔵は

座らされた。盛夏の日差しが天窓や格子窓から差し込み久蔵の坊主頭を光らせている。風がそよとも吹かず、座っただけで汗が噴出してきた。

善五郎が女中を伴って入って来た。久蔵を目撃したと証言した女である。

「幇間久蔵、おまえ、長寿庵の台所に入って行っただろう」

吉太郎は滴る汗を拭うこともなく問うた。久蔵は手拭で首筋を拭いながら、

「そうでしたかね」

いかにもすっとぼけたような答えをした。

「ふざけるな」

吉太郎は大声を出した。

「ああ、そうだ、思い出しました。入って行きましたよ」

久蔵は扇子で顔をあおいだ。

「何をしに行ったのだ」

「厠《かわや》ですよ」

吉太郎が善五郎を振り返る。善五郎は、

「厠は店の裏手にございます。台所の勝手口を抜けてすぐ右手でございます」

とたんに久蔵の顔がにんまりとなった。だが、吉太郎は気にかけることもなく、

「ならば聞く。厠で用を足してからはいかがした」

「そりゃ、すぐに座敷に戻りやしたよ」

久蔵は扇子を激しく動かした。

「しかと、間違いないな」

吉太郎は念押しするように目に力を込めた。

「間違いありません」

久蔵は扇子を閉じた。吉太郎は、

「ならば、お紺《こん》」

長寿庵の女中である。お紺はおずおずと久蔵の横に座る。

「この者が台所でやっておったことを証言せよ」

吉太郎に静かに問いかけられ、

「つゆの入った、お釜の周りをうろつき、何か薬のようなものを入れたようでございます」

お紺は消え入りそうな声ながらはっきりと証言した。とたんに久蔵が、

「そんな、馬鹿な」

と、口をあんぐりとさせた。

「お紺、間違いないな」

「はい、確かなことでございます」

「嘘です、嘘でございます」

久蔵は額に玉のような汗を滲ませた。

「ほう、どこまでもとぼけるか」

吉太郎は益々厳しい顔になった。

「本当でございます」

久蔵は顔を蒼ざめさせた。

厳しい顔のまま吉太郎は久蔵を睨み据えた。久蔵は着物の襟を汗で濡らしながら幾度も、

「濡れ衣でございます」

を繰り返した。状況が悪いことは確かだ。久蔵が台所に入って行ったことは間違いない。しかし、毒などを盛るはずがない。なんとかしてやりたいが、こうはっきりと証言されては打つ手が思い浮かばない。

「何故、毒を盛った」

「ですから、毒なんか盛っていません」

久蔵は激しく首を横に振る。

吉太郎は静かに告げた。

「大番屋に送る」

「そんな、むごうございます」

久蔵は泣いたが、泣いてどうなるものでもなかった。吉太郎は征史郎と一緒に表に出た。

「下手人に間違いないですね」

吉太郎は久蔵を毒殺犯と決めてかかっている。

「あの男がか……」

征史郎は疑念を投げかけるように眉根を寄せた。

「そうです。間違いありません。お紺という女中が証言したではありませんか」

「久蔵がそんな大それたことをするとは思えん」

吉太郎はおやっとした顔になり、

「花輪さま、あの幇間をご存知なのですか」

「ああ、知ってるとも」

隠し立てする気はない。久蔵との関係を包み隠さず話した。吉太郎は興味深そうに聞いていた。

「とても、人を殺すような男ではない」

「しかし……」

吉太郎は困った顔をした。

「久蔵、どうなる」

「大番屋での吟味次第です」

大番屋に送るということはこれから本格的な吟味が始まるということだ。大番屋で罪が確定すれば、そのまま小伝馬町の牢屋敷に送られ、町奉行所の白州に引き出される。そこで裁許が申し渡される。人を殺したことがはっきりすれば、死罪は免れない。

「あの、台所の混雑ぶりを見れば誰にだって毒を盛る機会はあったはずだ」

「しかし、女中の証言がございますれば」

「あの証言、信憑性があるのか」

「嘘をつく理由が見当たりません」

「今は見当たらない、であろう。しかと調べたほうがよいのではないか」

「確かに、そうですが、いずれにしましても大番屋に入牢させてからということになろうかと存じます」

「ならば、しかと、取調べを行ってくれ」

「それは、きっと行います」

「おれも手伝う」

「いや、それは……」

吉太郎は手を横に振った。

「久蔵を放ってはおけない」

征史郎は唇を嚙み締めた。

二

久蔵のことを案じながら家路についた。自宅は表三番町通りの下野佐野城主堀田若《ほったわか》狭守正寛《さのかみまさひろ》の上屋敷の向かいである。とんだことになってしまったものである。八十枚を超す蕎麦がずしりと胃に残っている。久蔵が毒など盛るはずがない。しかし、状況は圧倒的に不利だ。このままでは下手人にされてしまうだろう。

屋敷に戻ると、表門ではなく裏門の潜り戸から身を入れ、下中《げちゅう》長屋に向かった。足軽が住む長屋に征史郎は住んでいるのだ。竹垣に囲まれた十坪ほどの庭と瓦葺屋根の母屋から成っている。母屋には台所と四帖半、八帖の部屋がある。兄征一郎の妻志《し》保《ほ》からは折りあるごとに御殿《ごてん》に住むよう言われているのだが、堅苦しい暮らしぶりになることを警戒し、この長屋に住み、気ままな暮らしを送っていた。

長屋に戻ると、隣に住む足軽添田俊介《そえだしゅんすけ》の妻お房《ふさ》が、

「お帰りなさい」

と、声をかけてきた。

「おお、今帰った」

夕暮れとなり、風はようやく涼を運んでくる。夕日が入道雲を茜《あかね》色に染め、まだ明るさの残った浅葱《あさぎ》色の空に三日月が薄っすらと浮かんでいた。竹垣に朝顔が蔦《つた》をからませ、お房は水をやっている。

「殿さまがお呼びでございますよ」

お房は顔を上げ、急いだほうがいいですと言い添えた。早速《さっそく》、呼び出しか。また、日頃の暮らしぶりについて説教でもされるのではないかと身構えた。

「早く行ってくださいね、もう、一時《いっとき》（二時間）も前からお待ちですから」

「分かったよ」

お房の声に急き立てられるようにして、台所で足を洗い、しっかりと拭う。御殿の

廊下に足跡をつけようものなら、そのことだけで半時は説教を受ける羽目になる。足の汚れはないか慎重に確かめてから御殿に向かった。表門から玄関に向かって石畳が敷かれ、打ち水がしてある。濃厚な土の匂いと涼を感じながら玄関に入った。式台に上がり、廊下を奥に進む。征一郎は書斎で書見をしているに違いない。きっと、見台《けんだい》に向かって神経質そうな顔でむずかしい本を読んでいることだろう。何を説教されるのか。心当たりはないが、心地よい時を過ごせるとは思えない。胃もたれに加え、気も重くなりながら書斎の近くまで至った。涼を取るためだろう、襖は開け放たれている。坪庭の玉砂利に征史郎の巨軀が長い影となって引かれた。

「お呼びにより、参上いたしました」

「入れ」

征一郎は意外にも書見はしておらず、書斎の真ん中で目を瞑《つむ》り腕組みをしていた。征史郎が前に座ったところで、切れ長の目をゆっくりと開けた。面長《おもなが》で色白の神経質そうな顔立ちである。めったに笑顔を見せることはない。公儀目付という役職柄、普段から身を律していることはなはだしい。

「近藤英之進さまがお亡くなりになられた」

どきりとした。だが、征一郎が近藤の死を知っているのは当然であると気づいた。

目付は旗本を監察するのが役目なのだ。たとえ、公儀御小納戸頭取という将軍の側近であろうが身分は旗本である以上、その去就を知っておくのは当然といえた。征史郎が口を閉ざしていると、

「おまえ、近藤さまがお亡くなりになられた現場におったであろう」

征一郎は目に非難の色を浮かべた。まるで、糾弾するような口調である。別段、悪いことをしたわけではないのに、それはないだろうとやや不機嫌に、

「確かにおりました」

と、短く答えた。その征史郎の態度を咎《とが》めることなく、

「場所は深川永代寺門前町の長寿庵と申す蕎麦屋とか……」

「その通りです」

「蕎麦の食べ比べを競う大会の最中と聞いた。その大会におまえも出場しておったということだな」

「はあ、まあ」

「まだ、そのようなことをしておるのか」

やはり、説教が始まるのかと神妙な顔をした。

「申し訳ございません」

「今は、そのことはよい」

征一郎は意外にもそれ以上の説教を加えることはなかった。

「では？」

顔を上げると、

「近藤さまの死、毒殺であったとか」

「危うく、わたしも死ぬところでございました」

征史郎は状況を話した。征一郎は厳しい顔のまま聞いていたが、

「すると、その幇間が下手人なのだな」

「いや、そうは思えません。第一、久蔵に近藤さまを殺《あや》める理由がありません」

征一郎は眉間に皺を刻んだ。

「いかがされたのです」

「その幇間、おまえに勝たせようとしたとは考えられぬか」

征一郎はじっと視線を据えてきた。

「まさか、そのような……」

「そうかな、そう申せるかな」

征一郎は眉間の皺を深くした。

「おまえを勝たせたい一心で毒を盛ったとは考えられぬか」

「それはありえません。第一、わたしは優勝すること間違いなしだったのですから。それに、こう申してはなんですが、近藤さまはわたしと為五郎、いや、為五郎と申すのは仙台藩お抱えの相撲取りなのですが、わたしと為五郎に大きく差をつけられていたのです。優勝争いには加わっておられなかった。久蔵が殺す理由がありません」

「だから、為五郎とか申す相撲取りと近藤さまの両名を殺すつもりで盛ったのではないのか、と申しておるのだ」

「いいえ、それはありません。つゆはわたしも使うところだったのですよ」

征史郎は幸い、為五郎の横取りでそのつゆを使わずにすみ、命拾いをしたことを話した。しばらく、征一郎は思案するように目を細くしていた。

「なるほどな」

つぶやいてから、

「久蔵と申す幇間が下手人でないとしたら、これは、近藤さまを狙ったものであろうか。いや、それでは、釜に毒を入れるという無差別に殺す手法の説明がつかん。それとも、真の狙いは近藤さまで、おまえや力士は巻き添えを食うかもしれなかったということか」

考えが定まらないようだ。

「兄上が近藤さまの死を吟味されるのですか」

「そうだ。町方と協力してな」

「久蔵の濡れ衣を晴らしてやってください」

「無実と決まったわけではない」

征一郎は横を向いた。

「濡れ衣に決まっていますよ」

「何故だ」

「人を殺せる男ではないからです」

「要するに勘か」

征一郎は鼻で笑った。

「人を見る目はあると存じますが」

「ふん、生意気なことを申すな」

征一郎は、用はすんだとばかりに見台に向かった。

「失礼しました」

征史郎は腰を上げた。すると、

「つきあう者どもを考えよ」

見台を向いたまま征一郎は不機嫌な声を発した。

三

書斎を出ると、

「もう、おすみですか」

征一郎の妻志保が声をかけてきた。六人の子供を産んだとは思えないほっそりとした美人だ。品の良さと快活さを合わせ持った女である。この時も百日紅《さるすべり》をあしらった友禅染めの小袖に濃い紫の帯を締め、落ち着いたたたずまいを醸《かも》し出していた。

「はあ、また、説教されました」

征史郎が頭を掻くと志保はくすりと笑って、

「まあ、いけませんよ」

「自堕落な暮らしをしておりますので、仕方ありませんが」

「殿さまは征史郎殿の身を案じておられるのですよ」

「花輪家の面汚しですからね」

「そんなことありませんわ」

志保は言ってから、腹はすいていないか聞いてくれた。幸い、まだ蕎麦が消化できないでいる。

「いえ、お気づかいなく」

「お蕎麦なら、入るでしょう」

志保が気遣ってくれていることは分かるが、それだけは勘弁願いたい。

「本当に結構です」

征史郎は逃げるようにして廊下を玄関に向かった。

玄関を出たところで大岡忠光を訪ねようと思った。忠光なら近藤毒殺について何かしらの情報を持っているかもしれない。腹ごなしにも丁度いいだろう。征史郎はそう思うと、屋敷の裏口を出た。

大岡忠光の屋敷に至ると書斎に通された。

闇が広がり、燭台の蠟燭《ろうそく》が淡く揺らめいている。忠光は湯上りとみえ、艶めいた肌をしていた。地味な黒地の無紋の小袖の着流しという気楽な格好だ。将軍の側近第一の臣にはとても見えない、一見してどこにでもいる中年男である。ただ、月代と髭が丁寧すぎるほどに剃り上げられているため、顔全体がつるつるに照っている。

「おまえから訪ねて来るとは珍しいな」

「近藤さまの一件で訪ねてまいりました」

たちまち、忠光の顔がくもった。

「御小納戸頭取の近藤殿のことか」

「はい」

「どうして、近藤殿のことを……。そうか、蕎麦の大食い大会に出場しておったのか」

「さようにございます。それで、わたしが親しくしております者が町方に捕縛されました」

久蔵が捕縛されたことを語った。

「まったく、ろくな連中とつきあっておらぬな」

忠光は顔をしかめた。

「ひょっとして、あれは近藤さまを狙った殺しではないかと思うのでございます」

征史郎は静かに言った。

「近藤殿をな」

忠光は顎を掻いた。

「近藤さまとはどのようなお方であられたのですか」

征史郎の問いかけに忠光はしばらく考えを整理しているのか口を閉ざした。それから、おもむろに、

「上さまに忠実無比なお方だ。大奥の信頼も厚い」

「人から恨まれることはございませぬか」

「思い当たることはないが、人というものは思いもかけない恨みを買うものだからな。わしのように、露骨に恨みを買う者もおるが」

忠光は薄く笑った。

「お見かけしたかぎり、温和なお人柄とお見受けしました。とても穏やかで、威張ることもせず、淡々と蕎麦を召し上がっておられました」

「そうであろうな」

忠光は冥福を祈るように両手を合わせた。それから、

「ただ、こういう可能性は考えられなくもない。あの御仁は大奥出入りの商人を選定するに際して、大きな権限を持っておられた。大奥出入りと申さば、大きな利を得ることになる。そのあたりのことが、ひょっとして関わっておるのかもしれぬな」

「なるほど、それは匂いますね」

「おまえの兄が吟味に当たることとなった。町方と一緒にな」

「わたしも手伝いたいと存じます」

「表立って行うのでなければかまわんだろう」

「ならば、そのようにしたいと存じます」

「うむ、わしのほうも気をつけておこう」

と、言ったものの忠光の顔は冴えない。

「いかがされたのです」

「近藤殿、このところ、田安卿《たやす》からの要請が度重なり、心労を重ねておられた」

「それは、いかなることですか」

「大奥出入りの商人に田安邸出入りの者どもを採用せよと申してこられたらしい。呉服問屋、菓子問屋、油問屋などだ」

「菓子問屋でも大奥に出入りするだけの値打ちがあるのですか」

いくら高価な菓子でも菓子である以上、大奥に出入りできたとしても儲けは知れているのではないか。それとも、大奥出入りの肩書きが欲しいのか。忠光は征史郎の無知を嘲《あざけ》るように鼻で笑い、

「その、たかが菓子でも大奥が注文すれば大変な値になるのだ。よいか、上さまや御《み》台所《だいどころ》さま、御側室方が寛永寺や増上寺に墓参に行かれるとする。すると、土産として菓子を持参なさる。その数、何個だと思う」

「さあ……、饅頭なら、千個にもなりましょうか」

あてずっぽに大きな数字を口に出してみた。ところが、忠光は鼻で笑い、

「五万個だ」

「ご、五万……」

開いた口が塞がらなくなった。

「大奥とはすごい所であろう。そこへ出入りできれば、商人にとってこれ以上の得意客はないということだ」

「なるほど、それでは、それを叶えない近藤さまは田安さまにとっては邪魔な存在であったということですね」

「だからと申して、そのまま疑うわけにはいかんが」

忠光は言葉と裏腹に疑念が解けないようだ。

「田安さまの動きも探らねばなりませんな」

「ふむ、それにこしたことはないな。あの御仁、今度は何を企んでおられることやら。

油断ならぬ御仁だからな」

「御意にございます」

「しかと、頼む」

忠光は厳しい顔をした。

「失礼しました」

征史郎は腰を上げた。生暖かい風が頬をなぶった。

四

翌朝、吉蔵が訪ねて来た。

棒手振りの魚売りの格好である。吉蔵がやって来るのは何もこの日にかぎったことではない。目安番の仕事の最中はもちろん、折に触れてやって来る。そのため、お房などは吉蔵をすっかり魚売りと信じきっていて、気さくに言葉を交わすようになっていた。この日も、

「おや、久しぶりじゃないか」

吉蔵も魚売りになりきり、

「すんません、ご無沙汰で」

「どうしたんだい。身体でも壊したのかい」

「ええ、寄る年波でいけやせんや」

「倅はいないのかい」

「いるんですがね、こいつがどうも、一人前じゃなくて」

吉蔵はへへへと頭を掻いた。征史郎は横で吹き出しそうになった。

「いつまでも、親が息子を一人前じゃないと思っていると、かえって子供は一人前になれないんだよ」

吉蔵は困った顔でうなずき、

「今日は良い鯵《あじ》が入ってますよ」

お房は盤台を覗き、「じゃあ、もらっとくわ」と上機嫌に返した。吉蔵は鯵をお房の家の台所に納めてから征史郎と共に家に入った。

「すっかり、板についているな」

「ええ、商売ですからね」

「隠密とどっちが商売だか分からないな」

「自分でもそう思いますよ。朝、目が覚めると、いけね、河岸へ行かなきゃ、なんてあわてて飛び起きたりね」

吉蔵は南町奉行所の隠密廻りをしていた頃、日本橋の魚河岸で信用の置ける魚問屋に自分の素性を告げ、必要に応じて魚を調達できるようにしていた。

「因果なもんです」

吉蔵は言葉とは裏腹にどこか楽しそうだ。

「ところで、今日やって来たのは深川の一件か」

征史郎が問いかけると頰を引き締め、

「吉太郎に聞きました。若もその場におられたとか」

征史郎がうなずくと、

「おまけに、下手人と思《おぼ》しき男、若と懇意にしてる幇間じゃないですか」

「そうだ、久蔵が捕まった」

「こら、ちとまずいですね」

「実はそのことで昨晩、出雲さまを訪ねたんだ。出雲さまは近藤さま毒殺の陰に田安卿の関与を心配しておられる」

昨晩の話を披露した。

「なるほど、これは匂いますね」

吉蔵の目が厳しくなった。

「蕎麦のつゆに毒を盛ったとなると、あの会場に下手人は紛《まぎ》れ込んでいたことになる。確かに、大会当日は結構な賑わいだった。誰が紛れたって分かりはしなかった。その気になれば誰だってつゆに毒を盛ることはできた。御小納戸頭取の要職にある方を葬るにはまたとない機会だ」

「すると、下手人は近藤さまの行動に詳しい者ってことになりますね」

「あくまで、近藤さまを狙ったとすれば、だがな」

征史郎は苦い顔をした。

「いずれにしましても、調べ直さないといけませんね」

「そうだ、力を貸してくれ。久蔵はだらしない奴だが、人を殺すことはしない奴だ。なんとか、濡れ衣を晴らしてやりたい」

「分かりました」

吉蔵は深くうなずいてから、ふと気がかりなように、

「ところで、吉太郎はちゃんと剣術修行をやっていますかね」

と、父親の顔を覗かせた。征史郎は笑みをこぼし、

「ああ、真面目にやっているとも」

「そうですか」

「ま、殺しの取調べに関わったのだから、しばらくは稽古もままならないだろうがな。そうだ、自宅では素振りを欠かさないよう目を配ってやれよ」

「分かりました」

「ところで、久蔵の今後なんだが」

「今日から吟味方与力による吟味が始まります。その結果次第ですがね」

吉蔵の顔がくもった。それを目ざとく感知し、

「どうしたんだ」

「いや、ちと、気になることが」

「なんだよ」

「吟味方与力のことなんですがね」

吉蔵は首をひねった。

「何かまずいことでもあるのか」

「村岡さまにならなければいいのですがね」

「村岡……」

「村岡玄蔵《むらおかげんぞう》さまとおっしゃる方がおられるのです。とかく、評判のよろしくないお方

で、商人からの賄賂は取り放題、まあ、商人なら役得として分かりますが、やくざ者からも取っておるといったお方で」

「そんな悪徳与力がどうして野放しになっておるのだ」

「大きな手柄を立てたんです」

村岡は博徒の捕縛の捕物出役の指揮を執り見事手柄を立てたのだという。それは、因果なことに吉太郎がしくじった捕物だった。

「腕は良いということか」

「それも、親しくしているやくざ者からのたれ込みという噂があります」

「つまり、目こぼしをしてやっている代わりに情報を提供させているんだな」

「そういうことで」

「でも、村岡何某が久蔵を吟味するからって、そんな心配をする必要があるのか」

「手柄を立てることを誇るあまり、やり方が強引なんですよ」

「拷問も辞さないということか」

「それは、もう、白状しない者には容赦なく。で、後日、無実だって分かったこともあるんです。御奉行所じゃ、体面に関わりますから、表沙汰にはできませんがね」

それはまずい。久蔵は村岡に責められ、やってもいない罪を白状してしまうかもしれない。

「ですから、そうなる前に真の下手人を挙げませんことには」

「そうだな」

征史郎は腰を上げた。鰺を焼く香ばしい香りが漂ってきた。

五

征史郎が長屋から出ようとすると、

「征史郎さま」

という女の声がした。女中頭のお清《きよ》である。征一郎が呼んでいるのかと思ったが、既に登城している。怪訝な思いで表に出た。お清は手に文《ふみ》を携えていた。

「征史郎さまに届きました。南の御奉行所からですよ」

お清も南町奉行所が征史郎に何用かといぶかしんでいるようだ。征史郎は受け取り、中を見た。差出人は南町奉行所吟味方与力村岡玄蔵、用向きは幇間久蔵吟味に付き、恐縮だが南茅場町の大番屋までご足労願いたいと、したためられていた。嫌な予感が胸に広がった。吉蔵から話を聞いたばかりだ。心配そうな顔をしているお清に、

「なんでもない、ちと出かける」

と、声をかけてから家の中に入った。入るなり、

「村岡からだ」

と、文を吉蔵に渡した。吉蔵の顔が歪んだ。

「お出かけになるんで」

「ああ、呼ばれたからな」

「でも、旗本は町方の差配違いですよ。拒絶なさってはいかがです」

吉蔵は眉間に皺を刻んだ。

「いや、行ってくる。久蔵のことが気になる。それに、村岡って男、どんな奴なのか会いたくなった」

征史郎がニヤリとすると、

「また、そんなことを」

吉蔵は引き止めようとしたが、征史郎が聞くはずもないと諦め顔になった。

「あっしは、吉太郎に吟味の様子を確認します」

吉蔵は天秤棒を担ぎ出て行った。

「さてと」

征史郎は腰を上げた。腹が空いていることに気がついた。昨日炊いた飯が残っている。お櫃《ひつ》を開けると、

「大丈夫だな」

腐っていないことを確認し、丼によそう。お房の家を覗き、

「味噌汁をくれ」

お房は鯵を焼きながら、

「征史郎さま、ちゃんと朝餉の仕度をしますよ」

「いや、急いでいるんだ」

征史郎は鍋から味噌汁を丼にかけ、立ったままかき込んだ。お房の非難の言葉を背中に聞きながら丼飯を平らげると、

「ひとまず、これでいいか。物足りないが」

つぶやき自宅に戻った。大番屋に行くということで、地味な無地の小袖に仙台平の袴を穿き、絽の夏羽織を重ねた。

征史郎が大番屋に着いたのは昼九つ（正午）だった。

玄関に入ると、土間を隔てて開け放した座敷が見えた。すぐに、

「花輪さま、ようこそお越しくださいました」

吉太郎が丁寧に腰を折った。

「吟味方与力の村岡殿に呼び出しを受けてな」

征史郎は大番屋中に響き渡るような声で言った。吉太郎はあたふたとしながら、

「こちらへ」と座敷に案内した。座敷に入ると、裃《かみしも》、半袴に身を包んだ中年の男が座っている。顎の長いのっぺりとした、どこか掴みどころのない男だ。村岡は征史郎の巨躯を見上げ、それから軽く頭を下げると、

「わざわざ、お呼び立てし恐縮でございます。拙者、南町奉行所吟味方与力村岡玄蔵と申します」

と、慇懃無礼なほどの馬鹿丁寧さで挨拶を送ってきた。

「花輪征史郎です」

征史郎も一礼してから着座した。

「花輪さまは御目付の花輪征一郎さまとは？」

「征一郎の弟です」

「そうですか。後刻、花輪さまもおいでになります」

村岡は吉蔵から聞いた話から抱いた印象とは違って柔らかな物腰だった。だが、こ

の穏やかさの下に陰険な仮面が潜んでいるのかもしれない。油断はできぬと心を引き締めた。

「兄上が、何故まいられる」

「近藤さま殺害の下手人が判明したからにほかなりません。御直参たる近藤さまに関わることですからな。ましてや、その殺害に同じく御直参が関わっておられたとなると、これはもう我ら町方の差配を越えた問題でございます」

村岡は目元を引き締めた。

「直参が下手人に関わっていると、申されるとは、いかなることでございますか」

村岡は摑みどころのない表情のまま、

「下手人である幇間、久蔵はさる御旗本の依頼でつゆに毒を盛ったからでございます。そして、その御旗本とは、花輪征史郎さま、あなたさまですよ」

征史郎の顔を見た。征史郎は村岡の視線を正面から受け止め、

「ほう、何故そのようなことを申される」

「久蔵の奴が白状しました。何故、毒など盛ったのだと問いましたところ、久蔵はあなたさまの頼みで蕎麦の大食い大会にあなたさまが優勝できるように盛ったと白状しました。なんでも、あなたさまには多額の賭け金がかけられておったそうですな」

村岡は口元を歪めた。

「馬鹿なことを」

征史郎は吐き捨てた。

「馬鹿なことではござらん」

村岡はわずかに声を荒げた。

「どこにそんな証拠が」

征史郎は努《つと》めて落ち着いて聞いた。

「本人が白状しました」

「久蔵が」

「はい、調書を取ってあります」

村岡は書き役に視線を投げた。書き役はおろおろとした仕草で書類の束を持って来た。村岡はそれを無表情に受け取り、

「この通りでございます」

ゆっくりとした所作で征史郎の前に置いた。一瞥すると、村岡が話した通りの内容が記され、最後に久蔵の署名と爪印が押されていた。

「いかがでございます」

「なるほど、自白の調書に間違いございませんな」

「では、お認めになられますか」

「いいや、認めない」

村岡は黙っていたが、

「御旗本の吟味はわたしにはできませんから、これ以上はお聞きしません。御目付花輪征一郎さまにお任せしましょう」

征史郎の脇の下が汗で滲んだ。

「久蔵に会わせてくれ」

「はて、それは」

村岡はためらったが、

「ま、いいでしょう。今更、自白が覆《くつがえ》ることはないのですから」

村岡は小者に命じて奥の仮牢から久蔵を引き出して来た。久蔵は木綿の単衣を身に着け、荒縄で縛られ、顔は紫色にむくんでいた。一目で拷問を受けたことが分かった。

久蔵は息も絶え絶えに、土間に引き据えられた。そして、征史郎に気づき、

「若……。すみません」

と、声を振り絞った。右目の周りに紫色の隈《くま》ができていた。

第三章 窮 地

一

「久蔵」

征史郎は土間に降り立った。久蔵は顔を歪ませながら、「すんません」を繰り返した。

「ともかく、その罪人にはもう話を聞くことはありません」

村岡は冷然と言い放った。

「これは、拷問ではござらんか。拷問により無理に白状させたのでござろう」

征史郎は怒声を浴びせた。

「多少なりと手荒なことは吟味のうえでは時には必要でございます。下手人でないならば、やってもいない罪を白状することはありません」

　村岡に悪びれた様子はない。

「そうは言えまい。顔が判別できないほどに殴られれば、その場を逃れたいのが人情というもの」

「なんとおおせでしょうが、吟味は終わったのです。今更、その者の罪状に変わりがあるものではございません」

　尚も抗おうとしたが、

「御免」

　聞き覚えのある声がした。まごうことなく兄征一郎だ。はたして、

「目付花輪征一郎である」

　と、征一郎は裃に威儀を正し入って来た。征史郎が振り返ると、

「おまえ」

　征一郎は意外な顔をしたが昨晩の話から征史郎がいることは理解できたのだろう、それきり言葉を続けず、村岡に視線を移した。村岡は素早く走り寄って来て、

「南町の村岡でございます」

　と、丁寧に挨拶をした。征一郎はうなずき座敷に上がった。村岡は久蔵を仮牢に入

れるよう命じた。征史郎は板敷に座った。征一郎と村岡は座敷に入った。吉太郎が茶を持って来た。征史郎は吉太郎と共に板敷で向かい合った。座敷の襖が閉じられた。

「村岡という御仁、かなり強引な吟味を行うとか」

吉太郎は伏し目がちに、

「ええ」

と、曖昧に言葉を濁らせた。

「久蔵の様子を見れば、そのやり方が想像できるな」

「見ておって悲惨でした」

吉太郎は村岡の拷問を思い出したのか、顔を引き攣《つ》らせた。

「困ったものだな」

どうしようかと思案した。しかし、妙案が浮かぶはずもない。

「このままでは、久蔵は罪人として死罪は免《まぬか》れません。そればかりか、花輪さまの御身も……」

吉太郎は怖気《おじけ》をふるった。

「おれも罪を免れぬか」

征史郎の物言いはどこか他人事《ひとごと》のようだ。それを吉太郎は聞きとがめ、

「そんなことを申しておられる場合ではございません」

「その通りだ。だから、おまえ、もう一度取調べを行ってくれ」

「はい」

吉太郎は唇をへの字に結んだ。その時、襖が開いた。

「花輪さま、こちらへ」

村岡の声がした。征史郎は立ち上がり、板敷を足音を立てながら横切るとそのまま座敷に入った。征一郎は顔を蒼ざめさせ、険《けわ》しい顔をしている。いつもは涼やかな征一郎だが、額や首筋から汗を滴らせていた。暑さばかりが原因ではないことは明白だ。

「征史郎、村岡殿より話は聞いた」

征史郎は征一郎の前に座った。征史郎は言葉を発せず征一郎の顔を見た。

「久蔵は無実でございます」

村岡が眉を上げた。

「ほう、何故そのように思うか」

征一郎は努めて冷静を装っている。

「人を殺すことのできる男ではござらん」

征史郎の言葉に村岡は鼻白んだ。征一郎はあくまで落ち着いて、

「それでは、証《あかし》にはならんな」

「では、こうも申しましょう。あのつゆはわたしも食べるところだったのです。久蔵がわたしを勝たせるために毒を盛ったのならば、わたしまで死んでしまうのです。そのようなことをするはずがありませぬ」

すかさず村岡が、

「ですが、為五郎が横取りをしたではありませぬか。久蔵はそれを見て安堵したのです。もし、あのまま花輪さまに渡るようなことがあれば、それを阻止したことでしょう」

と、間に割り込んだ。

「そんなことは想像にすぎん」

「控えよ、征史郎」

征一郎に厳しい目を向けられた。

「しかし」

征史郎は抗《あらが》おうとしたが、

「久蔵の吟味は終わった。その吟味の結果としておまえの容疑が浮上したのだ。これからは、評定所に場を移し吟味を行うものとする」

征一郎は厳しい声で言った。

「よろしくお願い申し上げます」

村岡が両手をついた。

「お手数、おかけした」

征一郎は軽く頭を下げた。

「わたしは、どうすればよいのでしょう」

征史郎は開き直ったような物言いをした。

「評定所に呼ばれるまで謹慎だ」

征一郎はぎょろりと征史郎を見た。

「承知いたしました」

征史郎は立ち上がった。村岡が、

「まさか、御目付さまのご実弟が謹慎を破るようなことはないでしょうな」

一瞬、征一郎の目は険しくなったが、

「そのようなこと、なきよう目配りをいたす」

と、静かに返した。

「ならば、屋敷に戻ります」

征史郎は部屋を出た。

二

その頃、吉蔵は棒手振りの格好をして深川の長寿庵にやって来た。長寿庵は店が開かれていた。暖簾を潜ると、昼時を過ぎたというのに、結構な客が入っているのは、長寿庵の蕎麦が美味いということよりも、蕎麦の大食い大会で毒殺事件が起きたことへの野次馬根性が左右していることは、耳をすませているとあちらこちらの客の会話が示していた。

「盛り蕎麦を二枚」

吉蔵は蕎麦を頼んだ。女中達の表情も硬く、ぎこちないものだった。蕎麦が運ばれて来たところで、

「お紺さんているかい」

久蔵が毒を盛ったことを証言した女中の所在を聞いた。

「まあ、お客さんもあの事件に興味があるの」

女中は顔をしかめた。きっと、野次馬根性からそんなことを聞いてくる客が多いの

だろう。吉蔵は、

「まあな、出入り先に話の種になるかと思ったんだ」

女中は呆れたような顔で、

「今日は休みだよ」

「やっぱり、あんなことがあったからかい」

「それもあるかもしれないけど、おとっつあんの具合がよくないんだよ」

そこまで言った時、調理場から女中を呼ぶ声がした。女中はくるりと背中を向け去って行った。

吉蔵は蕎麦をすすり、それからおもむろに調理場に入って行き、

「すまねえ、厠を借りたいんだ」

と、声をかけた。

「どうぞ、そこの勝手口を出てすぐです」

吉蔵は台所を横切った。厠はすぐに分かった。すると、裏の母屋から怒声が聞こえる。

「また、網蔵《あみぞう》の所へ行くのか」

男の声だ。

「いいじゃないのさ」

女が飛び出して来た。年増で目の辺りが妙に色っぽい。

「待ちなさい」

次いで、男が出て来た。女は男の手を振り解《ほど》くようにして裏木戸から外へ飛び出して行った。

「まったく」

男は拳を握り締めた。その時、

「旦那さま」

という声が調理場から聞こえた。男は不機嫌な顔のまま、

「今、行きますよ」

と、返事をしておいて着物の襟を正し、調理場に入って行った。吉蔵は調理場の様子を見た。みな忙しそうに働いている。蕎麦を打つ者、茹でる者、椀につゆを入れる者、できあがった蕎麦とつゆを運ぶ者、さらには客から返されたせいろや椀を洗う者、誰もお互いの動きなどに注意を向ける者はない。自分の仕事で手一杯の様子だ。大会当日はもっと、慌《あわただ》しかったに違いない。きっと、裏木戸から何者かが入って来たとしても誰も気にもとめなかっただろう。

——お紺の話を聞く必要があるな——

吉蔵は調理場の喧騒をぼんやりと眺めた。

征史郎は屋敷に戻った。長屋に入ると、足軽の添田俊介が困ったような顔で、

「征史郎さま、殿さまから竹を打てと言われました」

戸に竹を打てということだろう。謹慎だ。征一郎は屋敷に戻るや、髭、月代を剃ってはならん、と言い渡した。

「おお、おれも手伝うか」

征史郎は表に出た。

「それはだめですよ、中に入っててください」

「そりゃ、そうだな。謹慎する者がやることはまずい」

征史郎は笑った。俊介は顔をしかめ、

「殿さまのお耳に入ったら、怒られますよ。それにしても、一体どんな悪さをなさったのです」

「人を殺させたのだ」

俊介はきょとんとしたが、

「また、ご冗談ばっかり」

征史郎に家の中に入っているよう言い、俊介は竹棹を持って来た。戸口を竹で塞がれたとしても裏口からいくらでも外へ出ることができるのだが、征一郎としてはけじめをつけるために見せしめとする必要を感じたのだろう。

征史郎は家の中に入り、八帖間に入った。正座をして謹慎らしい様子を気取ったが、すぐに馬鹿らしくなった。久蔵は無実に違いないのだ。そう思うと膝を崩し、あぐらをかいた。さらには、寝転んだ。汗が全身から溢れ出す。熱気が籠《こも》り耐えられなくなった。裏の障子を開けた。

夕陽が差し込んだ。空気はそよとも動かず、じっとりと汗ばんだ。

団扇《うちわ》で煽《あお》いだ。

――行水するか――

と、思ったが、さすがにそれはまずかろうと打ち消した。今日くらいはおとなしくしていたほうがいいだろう。それにしても、これからどうなるのだろう。座して死を待つなどということはできない。

「おのれ」

たまらず起き上がった。すると、

「叔父上」

幼子の声がした。

夕陽の中に征一郎の嫡男亀千代《かめちよ》が立っている。まだ六歳の少年だ。両手に抱えるようにして大皿を持っていた。

「おお」

征史郎は縁側に座った。

「母上が、これをお持ちするようにと」

大皿の上には大ぶりの握り飯が五個と沢庵が添えられてあった。

「すまん、すまん」

そういえば、朝に味噌汁をかけて丼飯をかき込んだだけである。艶のいい白米を見ると、自然と腹の虫が鳴った。

「叔父上、何か悪いことをなさったのですか」

亀千代も縁側に腰かけた。

「まあな、お父上に叱られておる」

征史郎は亀千代の頭を撫でた。それから、握り飯にかぶりついた。塩が効いて、梅干が食欲をそそる。

「亀千代も食べろ」

握り飯を亀千代に差し出した。

「いただきます」

元気よく亀千代は握り飯にかぶりついた。

「たくさん食べろよ」

「はい、叔父上のように大きくなります」

亀千代の無邪気さが心を和《なご》ませてくれた。

三

その日の夕刻、征一郎は若年寄本間《ほんま》備前守《びぜんのかみ》に呼び出された。本間が待つ芙蓉の間の控えの間に行くと本間は待ち構えていたようにいきなり切り出した。

「南町奉行所から近藤殿殺害の一件につき、吟味報告書が届いた」

本間はそれだけ言えば分かるだろうと言いたげに眉間に皺を数本刻んだ。

「わたくしも大番屋に行き、吟味方与力村岡玄蔵殿から承ってございます」

「おまえの弟が関わっておるとか」

「まだ、しかとは……」

征一郎は苦渋の色を浮かべたが、

「この不始末いかにする」

本間は厳しい言葉を浴びせた。

征一郎は平伏した。

「評定所において吟味となろうが」

「厳正なるお裁きを願うものでございます」

「おまえに任せるわけにはまいらんな。身内の身贔屓《みびいき》があってはならん」

本間は視線を泳がせた。すると、廊下を足音がし襖越しに、

「御免」

と、声がかかった。襖が開き、

「大岡でござる」

と、忠光が入って来た。征一郎は部屋の隅に移動し平伏した。本間は、

「これは出雲殿」

と、戸惑いの視線を送る。

「ご用談中、邪魔をいたします」

忠光は軽く頭を下げてから、

「近藤殿毒殺の一件につき、気になることがございまして」

と、本間と征一郎を見た。本間は鋭く反応し、

「ただ今、花輪とそのことを話し合っておったところでござる」

と、南町奉行所から届けられた久蔵吟味の報告書を差し出した。忠光は静かに読み始めた。それから、

「すると、この幇間が花輪征史郎の優勝を策し、毒を盛ったということでござるか」

忠光が聞くと、

「いかにも」

本間は答えてから征一郎に視線を移した。

「しかと、間違いないのでござろうな」

忠光は声を低めた。

「出雲殿は南町の吟味が怪しいと申されるか」

本間の物言いは抗議めいたものになった。

「いや、ちと気になるのでござる」

「何がでござる」

「近藤殿殺害により、利を得る者を探索する必要はないのか、ということでござる」

「出雲殿は、近藤殿に狙いを定めた毒殺であるとお考えなのですな」

「その可能性を否定はできぬ、と申しておるのでござる」

「しかし、久蔵と申す幇間が毒を盛ったことを見た者がおるのですぞ」

「久蔵が下手人であるとは、一人の女中の証言によっておることも確か。もっと、じっくり取調べる必要がござろう」

「そうでござろうか」

本間はあからさまに否定することは君側第一の臣に対して失礼と思ったのか、遠慮がちに言葉を濁らせたが、その目には苛立ちが滲んでいた。忠光は征一郎を見つめ、

「花輪、評定の場で明らかにしたらどうか」

「承知つかまつりました」

すると、本間が強い調子で、

「それはなりません、久蔵と関わるこの花輪征史郎という男、花輪征一郎の弟でござる」

忠光はこともなげに、

「それは、分かっております。だが、花輪征一郎は評定の場に私情を持ち込むような

男ではないと存ずる」

　本間は忠光に向き直り、

「いいえ、それはなりません。花輪にそのつもりはなくとも、身贔屓の評判が立つことは必定でござる」

　これぱかりは譲れないといった態度だ。征一郎は、

「承知つかまつりました」

　本間の言い分は正論だ。いくら将軍の第一の側近忠光といえども無理強いはできない。征一郎は忠光と本間に向かって、

「評定の場で征史郎の罪が決まりましたら、職を辞することにしたいとお願い申し上げます」

　と、平伏した。

「もっともじゃな」

　本間はこともなげに漏らすと忠光に賛同を求めるように視線を送った。

「それは、評定がすんでからといたそう」

　忠光はその言葉を残し、腰を上げた。忠光の姿が見えなくなったところで、

「弟の不始末で己が栄達の道を閉ざすことになろうとは無念じゃな」

本間は意地悪く笑みを浮かべた。

「いたしかたございません」

征一郎は顔を上げきっと本間を見た。本間は薄笑いを浮かべながら、

「どうじゃ、さる御仁に相談しては」

「………」

征一郎は言葉の意味が分からないように首をわずかに捻《ひね》った。

「田安宰相さまじゃよ」

本間は扇子で口元を覆いながら囁いた。

「おっしゃる意味が分かりませんが」

征一郎は視線を外した。

「田安宰相さまのお役に立つのじゃ。近藤殿は大奥出入りの商人決定の実権を握っておった。その商人の中には大奥へ出入りしたさに多額の賄賂を贈った者もおろう。その者どもを摘発せよ」

「摘発してどうするのです」

「田安さまが贔屓にしておられる商人を出入りさせるのだ」

「そんな……」

「それができれば、おまえ、再び浮かぶ瀬もある。そうじゃな、評定で弟の沙汰が下り、一旦は目付を辞することになっても、ほとぼりが冷めた頃合いを見計らって遠国奉行、長崎奉行にでも登用されるかもしれぬ。さすれば、再び出世の道が開かれるというものじゃ」

本間は恩着せがましく、「悪い話ではあるまい」と言い添えた。

「では、これにて、失礼いたします」

征一郎は腰を上げた。

「ま、よく考えよ。もっとも、考えるまでもないと思うがな」

背中から本間のじめりとした声を聞いた。

四

吉蔵はお紺の家を訪ねた。

お紺は深川蛤町三丁目の長屋に住んでいた。近所の者の話から父親と二人住まいであることが分かった。左官をしている父親の粂吉《くめきち》と二人住まいだ。粂吉は病を患って仕事を休んでいるという。

吉蔵は天秤棒を担ぎ長屋の路地を入り、お紺の家の前に立った。

「御免ください」

できるだけ愛想の良い声をかけた。しばらくして、土間を歩いて来る足音がしたと思うと、

「はい、どちらさまです」

お紺が腰高障子を開けた。吉蔵を見て小首を傾げた。

「いえね、長寿庵の旦那から魚を届けるよう言われましてね」

吉蔵は盤台の中の鯵《あじ》を見せた。日差しに鱗が銀色の輝きを放った。お紺は、混迷の色を深め、

「旦那さまが……」

「ええ、おとっつあんに滋養をつけてもらえと、親切な旦那さまですね」

「旦那さまが……。珍しいことがあるもんだ」

お紺は善五郎の吝嗇《りんしょく》を言い立てた。吉蔵は笑みを深めながら、

「こんなこと言っちゃあ、失礼ですが、あれじゃないですか、蕎麦の大食い大会が中止になって賞金と蕎麦切手を出さなくてもよくなったからじゃないですかね」

お紺は納得したような顔で、

「じゃあ、入ってください」

と、吉蔵を導いた。部屋では粂吉と思われる男が寝入っていた。土間の隅にある木の桶に鯵を移した。

「三枚に下ろしますね」

吉蔵は俎板《まないた》と包丁を取り出した。

「いいよ、そんなことまで。わたしがするから」

お紺は言ったが、

「いえ、どうせ、もう今日の仕事はお仕舞いですから」

吉蔵は手際良く鯵を下ろしていった。お紺は申し訳ない思いが湧いたのか吉蔵に茶を淹れて持って来た。

「おとっつあん、具合どうです」

吉蔵は包丁を休めることなく問いかけた。

「お医者さまがよく効くお薬を煎じてくだすったのでなんとか持ち直したの」

お紺の声には看病に疲れた様子が滲んでいた。

「そりゃ、よかったですね」

「ひと安心さ」

「ところで、大変な事件が起きたもんですね」

吉蔵は鼻歌交じりに聞いた。お紺が身体を硬くしたのが分かった。

「そうだ、聞きましたよ。お紺さん、大変なお手柄だったとか」

「ええ」

お紺は言葉を詰まらせた。

「下手人を見つけ出したっていうじゃありませんか」

吉蔵はお紺の顔を見た。お紺は吉蔵の視線を逃れるように、

「ええ、まあ」

と、目をきょろきょろさせた。

「下手人の奴、見物客の中にいた幇間だったんですって」

「そうだったかね」

「おや、覚えていないんですか」

「そんなことないよ」

お紺は明らかに動揺していた。

「その幇間野郎がつゆの入った椀に毒を盛ったんですよね」

「そ、そうだった。確かにね、この目で見たんだ」

お紺は力強く首を縦に振った。

「そうですか、椀にね」

吉蔵は思わせぶりな笑みを浮かべた。

「ありがとう、魚屋さん」

お紺は用はすんだとばかりに吉蔵を追い出しにかかった。

「へへ、すみません、無駄話をしてしまって」

吉蔵は天秤棒を担いだ。それから、くるりと振り返り、

「あれ」

と、素っ頓狂な声を上げた。お紺が警戒の色を目に浮かべ、

「どうしたの」

「椀じゃなかったな」

「椀……。椀がどうしたって」

「毒が盛られたのは椀じゃなかったって言ってるんですよ。確か、椀じゃなくって釜の中だったって」

お紺はしばらく口を閉ざしていたが、

「そうだったかね、でも、そんなことどっちでも同じじゃないか」

と、口を尖らせた。

「いや、そうじゃありませんや」

吉蔵は鋭い視線を投げた。お紺はうろたえるように後ずさった。

「椀に毒を盛ったなら、それはその椀を持って行く先の人間を殺すというはっきりとした狙いがある。しかし、釜に入れたとなると、毒を飲むのは誰でもいいことになる、違いますか」

吉蔵の追及に、

「そうだった。釜の中だった。あの幇間は釜の中に入れたんだ」

と、お紺は笑みを浮かべた。だが、それは笑いというよりは頬が引き攣ったとしか見えない。

吉蔵は咎めるような目をした。その目を避け、

「勘違いしていたんだわ。何しろ、おとっつあんの看病で頭の中がいっぱいだったから」

と、早口に言った。これではっきりした。お紺は嘘をついている。その時、

「お紺」

粂吉の声がした。お紺は救われたような顔で、

「そうだ、お薬を飲ませなきゃ」

と、言ってから吉蔵に向かって、「ありがとう」と頭を下げた。

「いえ、どういたしまして」

吉蔵は目の端にお紺が煎じたのが朝鮮人参であることを刻んだ。

五

その日、日が暮れてから、征史郎は横になっていた。やることもなく、素振りすら自由にはできない。夕刻、兄から明朝に評定所に出頭するよう命じられた。征一郎は普段通りの、いや、より一層のいかめしい顔をしていたが、明らかに弟の身を案ずる気持ちが滲んでいた。久蔵の罪が確定すれば自分も罪は免れない。久蔵に命じたことはないと主張したところで、解き放ちとはならないだろう。

最悪は切腹。

そうなれば、征一郎も職を辞さなければならない。

「困ったな」

つぶやいたが、打つ手がない。このまま明日の朝を迎えることしかできないのか。

歯痒い思いで身を焦がされていると、

「若」

という吉蔵の声がした。征史郎は跳ね起きて戸口の側に行き、

「裏だ。裏に廻れ」

と、囁いた。吉蔵は素早く裏庭にやって来た。

「上がれ」

障子を開け中に導き入れた。

「長寿庵の女中、お紺に会ってきました」

吉蔵はお紺と会った顛末《てんまつ》を語った。

「お紺は偽証していたと思うか」

「おそらく、親父の薬が関係していると思われます」

「何者かから薬代を餌に偽証することをもちかけられたんだな」

「間違いないでしょう」

「となると、お紺を説得し、偽証だったと証言させればいいってことか」

「そういうことですが……」

「どうした」

「素直に白状するでしょうか」

「白状させなければいけない。じゃなきゃ、久蔵の首もおれの首も胴から離れてしまうよ」

自分の首筋に手刀を打った。

「違いありません。評定は何時《なんどき》です」

「明日だ」

「それは、時がありませんね」

吉蔵は渋面となった。

「行くか」

征史郎は腰を上げた。

「謹慎の身でしょ。まずいですよ」

「座して死を待つことはできん」

「そりゃそうですが。ここは下手に動かないほうがいいですよ。わたしがもう一度行って説得してきます」

「いや、おれも行く。これは、おれに関わることだ。おまえを信用しないわけではないが、人任せにはできん。いや、したくない」

征史郎は刃渡り三尺の鬼斬り静麻呂を手にした。

吉蔵は吉太郎を大番屋に行かせるため一旦自宅に戻って行った。征史郎は裏口から庭に出た。満天の星空である。月がほの白く輝いている。隣の添田俊介夫婦に気づかれないように巨体を精一杯小さくしながら裏門に向かった。

足音を忍ばせ、築地塀に沿って進み桂の木に至ったところで、

「どこへ行く」

と、暗闇から鋭い声が放たれた。その姿を見るまでもなく征一郎と分かった。

「ちとばかり、外へ」

「たわけが」

月明かりに照らされた征一郎は蒼白い顔が際立っていた。

「最後の晩になるかもしれませんので、浮世を楽しんでまいります」

「ふざけたことを申すと容赦はせぬぞ」

征一郎は声を上ずらせた。

「では、正直に申します。我が無実の証《あかし》を立てにまいるのです」

お紺が偽証をしており、それを糾《ただ》しに行くことを打ち明けた。征一郎の目は迷いに揺れた。

「そのこと、どうして知ったのだ」

「仲間が報せてくれました」

「仲間じゃと」

征一郎は戸惑ったが、

「その女中が偽証したことを必ず、証言させます。さすれば、わたしや久蔵の潔白は明らかとなりましょう」

考える暇を与えず声高に畳み込んだ。

「しかし、謹慎中の者が外に出たとなると……」

「もちろん、しくじったら最後、兄上にも花輪の家にも災いが及びましょう。しかし、このまま明日を迎えたとしましても身の証は立てられぬのも事実でございます」

「それは、そうじゃが」

征一郎は明らかに迷っていた。征史郎の申し出に気持ちが傾いているようだ。

「わたしを信じてください。必ずや無実を明らかにしてご覧に入れます」

征史郎は頭を下げた。月が雲で隠れた。征一郎の顔が闇に溶けた。

「お願いします」

もう一度声をかけると、

「よかろう」

征一郎の声が返された。

「ありがとうございます」

「但し、失敗は許されぬぞ」

雲が流れ征一郎の顔が再び月明かりに照らされた。

「任せてください」

征史郎は言うと、

「出来損ないの弟を持ったが我が身の不徳と思おう」

征一郎はほんのわずかだが笑みをこぼし、踵《きびす》を返した。征史郎は闇に消えた征一郎に向かって深々と腰を折った。

「行くぞ」

鬼斬り静麻呂の柄《つか》を撫でた。

第四章　評定の場

一

征史郎はお紺の家の前で吉蔵と行き逢った。

夜八つ（午後八時）、木戸が閉じられるのには早いが既に長屋は眠りに就いているのか、聞こえるのは犬の遠吠えくらいだ。

「気をつけてくださいよ」

吉蔵は溝板《どぶ》に足を取られないよう注意を促してきた。征史郎は心配するなとばかりに路地を足早に進んだ。

「ここです」

破れた障子の隙間から行灯《あんどん》の灯りが漏れ、粂吉の咳の音がした。吉蔵が腰高障子を叩いた。

「はい」

お紺のいぶかしそうな声が返された。

「さっきの魚屋です」

声をかけると、

「なんですか」

声は警戒の色を帯びた。

「ちょっと、開けてください。大事な話があるんです」

「もう、遅いですから、明日にしていただけませんか」

「そこをなんとか、どうしても今晩中に話がしたいんですよ」

吉蔵は有無を言わさないように声に凄みを込めた。練達の隠密廻りだけあって、その声音《こわね》は闇にずしりとした重みとなって響いた。お紺は気圧《けお》されたように心張棒を外し、表に出て来た。とたんに征史郎の巨体が目に飛び込み、悲鳴を漏らしそうになったのか両手で口を覆った。驚きの目で征史郎を見上げ、

「な、なんでございましょう」

「おれを覚えているよな」

征史郎は懸命に笑顔を作った。

「はい」

お紺は後ずさった。征史郎は、

「ちょっといいか、外に来てくれ」

と、半ば強引に井戸端に誘った。お紺はおどおどした様子でついて来た。井戸に至ったところで、

「久蔵が釜に毒を盛ったこと、嘘だな」

征史郎は駆け引きなしに問いかけた。お紺は息を飲み黙り込んだ。

「嘘なんだろ」

畳み込んだ。だが、お紺は首を横に振り、

「いえ、確かに見たのでございます」

「まともにおれの顔が見られるか」

征史郎は牛のようなやさしげな目を大きく見開いた。お紺は征史郎の視線から逃れるように横を向いたまま、「見たのです」と繰り返した。征史郎は、お紺の肩に両手を置き、

「頼む、友の命がかかっているんだ」

お紺は怯えたように、

「精間さんですか、まさか、死罪になるのですか」

「人を殺せば死罪だ。ましてや、死んだのは御公儀御小納戸頭取、ただの死罪じゃすまない。江戸市中引き回しのうえ、磔《はりつけ》、獄門だろうな」

お紺の顔が歪んだ。

「久蔵の奴、憐れにも無実の罪を着せられて死罪になるんだ。おまえの証言一つでな」

お紺は激しく動揺した。

「わたしの証言だけなのですか」

「そうだ。久蔵を下手人と証拠立てることはおまえの証言だけだ」

「そんな……」

お紺は唇を嚙んだ。すると、それまで黙っていた吉蔵が、

「おとっつあんの薬、朝鮮人参だな。ずいぶんと値の張る薬だ。金五両はする」

お紺はうなだれた。吉蔵が、

「薬代を恵まれたんだな」

お紺は、小さくうなずいた。

「誰に頼まれた」

「それが、見知らぬ人なのです。着ている物や言葉遣いからしてやくざ者のようでした。お侍さまがお亡くなりになって、びっくりしていますと、突然、庭先に現れ金十両を恵んでやる。代わりに、あの幇間が毒を盛ったことを証言しろ、と言われたのです。もちろん、わたしは断りました」

「ならば、何故引き受けたのだ」

征史郎の口調はあくまで穏やかだ。

「それが、その人は間違いなく幇間がつゆの釜に毒を盛るところを見た、と言うのです」

だが、自分はやくざ者だから奉行所では相手にされない。代わりに証言してくれ、と言ってきたという。

「わたし、その言葉を真《ま》に受けました。いえ、十両欲しさに信じようとしました。久蔵さんが台所を出入りしていたのはこの目で見ましたし、ほかの女中にも見た者がいます。ですから、わたし……」

お紺は嗚咽《おえつ》を漏らした。征史郎は慰めるように、

「分かった、もういい。一緒に大番屋まで行ってくれ」

お紺は、

「だめです」

と、甲走った声を上げた。まるで何かに怯えているようだ。ただならぬものを感じる。

「どうした」

吉蔵が聞いた。

「脅しの文が」

お紺は着物の懐から書付《かきつけ》を取り出した。書付は二枚あり、いずれも久蔵が毒を盛ったと証言することを強要していた。万が一、証言を翻《ひるがえ》したら、害は父親に及ぶことを暗に示していた。

「汚い奴らだ」

征史郎は憤怒に顔を歪めた。

「ですから……」

お紺は、「ご勘弁ください」と頭を下げた。吉蔵が、

「実はな、おれの息子なんだ。今回の一件を取調べている同心はな」

「ええ、そうなのですか」

お紺は驚きの表情を浮かべた。

「今、おまえが来るのを大番屋で待っている。だから、悪いようにはしない」

吉蔵は安心させるように微笑んだ。だが、お紺は決心がつかないのか、

「でも、おとっつあんが」

と、案ずるような目をした。

「よし、大番屋まで親父も一緒に連れて行く。おれがおぶる」

征史郎は言った。

お紺はすぐには受け入れられないのか言葉を発しなかったが、

「そうと決まったら、行くぞ」

征史郎はお紺の家に向かった。

二

征史郎は粂吉を背負い長屋を出た。お紺には吉蔵が付いている。欠けた月の心もとない明かりを頼りに闇夜を行く。油堀西横川を福島橋に向かって進む。右手に川、左手に深川北川町の町家が並んでいる。雨戸が閉じられ、眠りの中にあった。静かさの

中、江戸湾に近いため、潮の香が生暖かい夜風に運ばれてくる。二町ほど歩くと橋の袂《たもと》近く、火除け地と化した野原から降って湧いたように人影が現れた。見るからに浪人者といった連中である。

「娘、どこへ行く」

浪人の一人が言った。

「どこだろうと、余計なお世話だ。病人を背負っているんだ」

征史郎は怒鳴った。

「病人なら、家で養生すればいいだろう」

浪人は傲然と言い放った。

「余計なお世話だ。道を開けろ」

征史郎は粂吉を背負い直すと前に踏み出した。浪人が抜刀した。お紺の口から悲鳴が漏れた。吉蔵は匕首を取り出した。征史郎は吐き捨てるような調子で、

「怪我するぞ」

これが浪人達の怒りに火をつけたようだ。意味不明の言葉を吐き出したと思うと征史郎に向かって刃を向けてきた。征史郎は粂吉を背負ったまま わずかに腰を落とし鬼斬り静麻呂を抜き放った。月明かりに煌く刃渡り三尺の長寸の抜き身を目にした浪人

達は、一瞬、息を飲んだが、そこでひるんでは武士の恥とばかりにより一層の気合いと共に殺到してきた。

征史郎は、

「どうりゃ！」

闇が張り裂けんばかりの怒声を放った。生暖かい空気が凍ったように張り詰めた。次の瞬間には峰が返された鬼斬り静麻呂が踊るような動きで浪人たちの身体に命中した。

一人目の胴、二人目の首筋、三人目の籠手《こて》、三人が野原に倒れたところで四人目は狙いを征史郎からお紺に変えた。お紺に向かって勢いよく駆けて行く。粂吉を背負っている分、征史郎の動きは鈍った。出遅れている間に、浪人の刃はお紺を襲う。吉蔵が匕首で対抗したが、あっと言う間に跳ね飛ばされてしまった。が、それは無駄にはならなかった。このおかげで征史郎が追いつくことができたのである。

征史郎は浪人の前に立ちはだかった。背後から襲うことを躊躇《ためら》ったためである。ところが相手はそんな武士の矜持《きょうじ》など持ち合わせてはいない。いきなり、征史郎の脛をめがけて刀を払った。思わず後方に飛び退いた。背中で粂吉が苦しげに咳を始めた。一旦、地に下ろそうと思ったが、そんなゆとりを与えることなく相手は征史郎の脛を狙う。このままではいたずらに体力を消耗するだけだ。

実際、身体中が汗ばみ、額から滴る汗が目に入らぬか心配だ。すると、

「馬鹿野郎」

吉蔵が石ころを投げてきた。石は浪人の肩に当たった。それから次々と吉蔵が石を浴びせる。浪人の動きがひるんだ。征史郎はその隙を逃さなかった。思いきり前方に飛び出し相手の剣を叩き落とした。そのうえで相手をねじ伏せようとしたが、相手は素早くその場を去った。

追いかけるゆとりはない。

「文を寄越した奴の差し金だな」

傍らに来た吉蔵に声をかけた。

「間違いないでしょうね」

「確かめたかったが、今は大番屋へ行くことが先だ」

征史郎は星の瞬きを眺めながら永代橋を目指した。

大番屋に着くと吉太郎がいた。征史郎を見て驚いたが、

「話はあとだ」

と、粂吉を座敷で寝かすよう手配りした。吉蔵からお紺がここにやって来た経緯を聞かされ、益々驚きの色を濃くした。

「お紺が久蔵の無実を証言してくれる」

征史郎が胸を張った。お紺は板敷に両手をつき、

「申し訳ございません」

と、詫びの言葉を述べ立てた。

「とにかく、明日の評定にお紺を連れて来てくれ」

「はあ、それには村岡さまのご了解を得ませんことには」

すると、吉蔵が、

「それはしないほうがいいだろう。あのお方は自分の手柄を台なしにされると思い、拒絶されるに違いない」

「では、どのようにすれば」

吉太郎は困惑している。

征史郎が、

「評定所からの呼び出しということにしてもらう」

と、事もなげに言ったものだから吉太郎は首をひねった。そこで、安心させようと、

「大丈夫だ。おまえに迷惑がかからないようにする」

次いで、お紺を匿《かくま》うこと、粂吉に医者を呼ぶ手配をするよう依頼した。吉蔵に、

「出雲さまにお願いするしかない」

「しかし、いくら大岡さまでも政《まつりごと》には表立っての口出しはできぬものですよ。評定所には奥方の役人は関わらないのが通例です」

吉蔵は困ったように顔をしかめた。

「忘れたか。おれたちは目安番だ。お紺に目安箱への投書を書かせるんだよ」

「そうだ、こいつはいけねえや。わたしとしたことが頭が廻らなくなっちまった」

吉蔵は自分の額をぴしゃりと叩いた。

「投書を持って、出雲さまを訪ねてくれ」

「承知いたしました」

吉蔵は吉太郎に筆と紙を用意させ、お紺に久蔵が毒を盛ったと目撃したことは嘘だったこと、それを悔《く》やみ、大番屋に出頭するとしたためさせた。

「頼むぞ」

征史郎に言われ吉蔵は深くうなずいた。それから、吉太郎に向かって、

「頼みがある。おれが、ここにお紺親子を連れて来たことは内緒にしてくれよ。なに

せ、謹慎の身だからな」

征史郎は片目を瞑《つむ》って見せた。

「分かっております」

吉太郎は大きな声で返事をした。

「お紺、ありがとうな」

征史郎は言うと、

「本当に申し訳ございませんでした」

その顔を見て、征史郎は安心した。あとは、評定を待つだけである。

三

翌日の昼下がり、征史郎は評定所に召喚された。評定所は江戸城辰の口にある伝奏屋敷に隣接して建てられている。大名家の御家騒動といった天下の重大事件や寺社方、町方、勘定方の差配を跨《また》がる事件、武士の身分にある者の吟味、裁きを行った。いわば、幕府の最高裁判所である。

征史郎の吟味は南町奉行山田《やまだ》肥後守《ひごのかみ》利延《としのぶ》と目付北橋《きたはし》権之進《ごんのしん》が行った。若年寄本間備前守が立ち会った。征史郎は裃《かみしも》を身に着け、座敷の末座に座らされた。庭先の松が燃えるような緑の輝きを放ち、油蟬の鳴き声はもはや強い日差しと共に風景に溶け込んでいた。唯一の救いは絶えず風が吹き込んでくることだった。

本間が北橋に向かって、

「吟味を始めよ」

と、落ち着いた物言いで命じた。

北橋は地味な顔立ちのいかにも能吏といった男だった。征史郎の前に座り、

「では、役儀により言葉を改める」

と、断りを入れた。征史郎は平伏した。北橋はうなずいてから、

「そのほう、今月の三日、深川長寿庵なる蕎麦屋において幇間久蔵と語らい、公儀御小納戸頭取近藤英之進さまを毒殺せしめたること相違ないか」

と、巨体の征史郎に威圧されまいと胸を反らした。

「身に覚えのないことでございます」

北橋はたじろぐように目を泳がせたが、

「覚えないと申すか」

と、問いを重ねた。

「一切、身に覚えなきことにございます」

征史郎には一点の曇りもない。その堂々たる様子は巨軀と相まって辺りを払うがごとくだ。

北橋は助けを求めるように山田を横目で見た。山田は無言でうなずいてから、

「では、吟味方与力村岡玄蔵、これへ」

村岡は裃に威儀を正し、縁側で平伏した。陽を背中に受け暗い影となり、陰気さを際立たせている。山田が、

「村岡、そのほうが吟味を行ったのだな」

「御意にございます」

「吟味の様子を申せ」

「かしこまりました」

村岡は長寿庵の女中お紺による証言、久蔵がつゆの釜に毒を盛ったことを話した。

次いで、吟味報告書を提出し、

「この通り、久蔵は白状してございます」

と、おごそかに平伏した。北橋が受け取り、さっと目を通した。次いで、征史郎に視線を移し、

「久蔵なる者、しかと自白しておるではないか。それでも、言い逃れるか」

「身に覚えござらん」

征史郎は北橋の視線を正面から受け止め、一段と大きな声を出した。

北橋は苦りきったように唇を嚙んだ。すると村岡が、

「畏《おそ》れながら申し上げます。本日、久蔵を連れております。ここに引き出し、証言させようと存じますが」

と、進み出た。北橋は山田を見、さらには本間にも了解を求める視線を向けた。二人とも了承するように首を縦に振った。村岡は庭に降りて小者に久蔵を連れて来るよう命じた。征史郎は平然とした顔である。

やがて、後ろ手に荒縄で縛られた久蔵が引き出されて来た。木綿の単衣の襟は薄汚れ、顔の腫れはどす黒い痣《あざ》となって残っている。久蔵は小者に縄を持たれたまま白砂に座らされた。陽に焦がされた白砂に、「あちち」と顔を歪ませ小者の叱責と村岡の嘲笑を浴びた。村岡は縁側に戻り、

「これなる男が幇間の久蔵にございます」

本間は醜いものでも見るように顔をそむけた。山田も北橋もまともに視線を向けようとはしなかった。

村岡は久蔵を見下ろし、

「久蔵、そのほうが吟味の折、申したことをここで申し上げよ」

久蔵はうなだれていたが、

「あ、あの」

蚊の鳴くような声を漏らしただけで言葉を発しようとはしなかった。村岡がいきり立ち、

「この期《ご》に及んでとぼけるか」

久蔵は力なく、

「わたしは、やっていません」

と、つぶやくように証言した。たまらず征史郎が、

「よくぞ言った久蔵」

「控えよ」

本間が不愉快そうな声を上げた。山田が、

「村岡、どうなっておる」

村岡は額に汗を滲ませ、

「畏れながら花輪さまを目にして、怖気《おじけ》づいたものと思われます。まったく、とんだ

小心者でございます。しかしながら、お紺の証言は確かなものでございます。久蔵にしましても、ちゃんと自白をしておるのですから、今更、この場で怖くなって言い逃れようが通用せぬことと存じます」

本間がここで口を挟んだ。

「いかにも、村岡が申す通りだ。久蔵の罪は明白。そして、毒殺の動機が花輪征史郎に命ぜられたことも明らか、それは事実と考えてよい。そのうえで、吟味を続けよ」

北橋は本間に頭を下げ、征史郎に向き直った。征史郎は北橋を睨んだ。

「花輪征史郎、そのほう、ここにおる久蔵を使い己《おの》が蕎麦の大食い大会に優勝せんと目論み、近藤さまを毒殺したこと、明白である」

「馬鹿な」

征史郎は鼻で笑った。

「控えよ」

北橋は顔を真っ赤に染めた。

「やってもいない罪を背負わされたんじゃかなわん、なあ、久蔵」

征史郎は久蔵を振り向いた。久蔵はそれで勇気を得たのか、

「さようです。わたしはやっておりません」

と、必死の形相で声を振り絞った。村岡がたまらず白砂に降り、

「この罪人めが」

と、久蔵を足蹴にした。久蔵は仰向けに転倒しながらも、

「わたしはやっていません」

と、叫んだ。久蔵の無実の訴えは蟬時雨《しぐれ》と共に青空に吸い込まれた。

「もう、よい。吟味は尽くした」

本間の不機嫌な声が飛んだ。北橋に吟味の決着をつけるよう求めるべく強い眼差しを向ける。北橋はそれを受け、

「では、沙汰を申す。花輪征史郎」

と、肩を怒らせた。征史郎は憮然と顔を上げている。そこへ、

「しばらく、しばらく、お待ちください」

征一郎が縁側を小走りにやって来た。

四

本間の目が厳しくなった。

「何事じゃ、花輪、そのほうの出る幕ではない」

だが征一郎は、

「この吟味、今しばらくお待ちくだされ」

と、鋭い視線を返した。本間は、

「貴様、弟の身を庇《かば》い立てするか。しかも、無断で評定の場に出るとは何事であるのじゃ。公正なる吟味を行う目付という役目にあらざる態度じゃな」

「吟味につき、新しき事実が分かったのでございます」

征一郎はいたって落ち着いた口調で答えた。本間が持て余すように、

「下がれ」

と、怒鳴った時、またしても慌しく縁側を近づく足音があった。みなの視線が縁側に向けられると、

「上意《じょうい》である」

と、忠光が現れた。本間は怪訝な顔をしながら、

「出雲殿、なんの騒ぎでござる」

他の連中は平伏した。忠光は本間の前に座り、

「上さまよりこの一件につき、調べよとの御上意が出た」

次いで、一通の書付を本間に差し出した。本間はそれを受け取り視線を走らせた。顔色を変え、山田に渡した。山田は絶句し、北橋に渡した。北橋は、「なんと」とつぶやいた。一人村岡は戸惑いの視線を彷徨《さまよ》わせている。征史郎がお紺に書かせた目安箱への投書である。

「それにつき、花輪」

忠光は征一郎に向いた。征一郎は、

「昨晩、目安箱に投書した女、お紺が大番屋に出頭したとの知らせが、今朝まいりました。お紺は投書にありますように偽証したと申しております」

「なんと」

本間は目を激しくしばたたいた。

「お紺をここに呼び出しております」

征一郎は庭先を呼ばわった。吉太郎に伴われたお紺がやって来た。吉太郎はお紺を気づかって松の木陰に座らせた。お紺は白砂に平伏した。忠光が、

「花輪、吟味をいたせ」

本間に有無を言わせない態度である。征一郎は、

「お紺であるな」

と、よく通るがやさしげな調子で問いかけた。お紺は、はっきりとした声音《こわね》で返事をした。征一郎はうなずくと、

「この投書にあること、まことであるか」

「はい、相違ございません」

「では、何故、久蔵が毒を盛ったなどと偽りを申した」

「それが、あの時」

お紺は征史郎と吉蔵に告白したように素性の知れない男から偽証を持ちかけられ、父親の薬代欲しさに引き受けてしまったことを語った。

「そのほうの父親の薬代欲しさに偽証をしてしまったということだな」

「はい、申し訳ございません」

「相分かった」

征一郎はうなずいた。すると、本間が、

「しかし、その素性の知れぬ男とは何者なのじゃ」

と、不満を口にした。

「それは、分かりません」

お紺は申し訳なさそうに頭を下げた。

「分からんでは、話にならん」

　本間が言うと、

「そうでもござるまい」

　忠光が制した。本間は無言で問い返した。忠光はおもむろに、

「目安箱に投書をしてきておるのだ、畏れ多くも上さまに直接自らの罪を告白し、偽証によって濡れ衣を着せられようとしている男を救わんとしておる。偽証を持ちかけた男の素性を探索する必要はあるが、それは今後のことである。本日の吟味で明らかにせねばならんことは久蔵と花輪征史郎の罪だ。そのことが明らかになればよい。お紺の証言は両名の者の無実を立派に証拠立てるものと思う」

　と、冷静に言い立てた。征一郎が、

「出雲さまのおっしゃること、まことに的を射たものと存じます」

　山田が顔をしかめ、

「村岡、いかがした。そのほうが吟味をしたのであろう」

　明らかに形勢不利を悟ったようだ。村岡は顔をどす黒く歪めながら、

「畏れながら、この久蔵めは白状したのでございます。そのことは紛れもない事実にございます」

すると、すかさず本間が、

「その通り。この通り吟味調書に爪印が押されておる」

吟味調書を忠光に差し示した。すると、今度は征一郎が、

「そのことにつき、気になることがございます」

「うむ、申せ」

忠光が許可をした。征一郎は素早く白砂に降り、久蔵の傍らに立った。

「この者の面相をご覧ください」

みなの視線が久蔵に集まった。久蔵のどす黒い顔が強い日差しに晒された。

「拙者がこの者の吟味の最中、大番屋に行ったところ、このように腫れ上がっておりました。明らかに拷問を加えた印でございます」

征一郎は村岡を睨みつけた。その言葉を忠光が引き取った。

「つまり、久蔵は拷問により無理やり白状させられたということじゃな」

山田がさもたった今知らされたように目をむき、

「村岡、まことか」

「いえ、その。ほんの少々、小突いたにすぎません」

村岡は目を伏せ小声で答えた。

「これが、少々小突いたくらいでできる傷か」

征一郎は久蔵を見た。久蔵は力なく首を横に振った。

「大方、吟味に耐えられなくなり、錯乱して牢獄の格子や壁に自ら打ちつけたのでございましょう」

村岡は開き直ったように面《おもて》を上げた。山田は知らん振りを決め込んだのか横を向いている。久蔵が、

「いいえ、わたしは、激しく殴られ、責められました。それで、怖くなって、楽になりたい一心で、つい、やってもいない罪を自白させられ、爪印を押してしまったのでございます」

「嘘を申せ」

村岡は罵声を浴びせた。すると、

「確かに拷問をなさいました」

村岡が驚きの目を向けた先には吉太郎がいた。

五

吉太郎は白砂に片膝をつき、もう一度はっきりと、

「村岡さまは久蔵に対し拷問を加えました」

と、今日の青空のような明瞭さで証言した。村顔は袴を握り締め吉太郎に向かって血走らせた目を向けたが、何か言葉を発しようとした時には、

「山田殿、久蔵を拷問すること、評定所に上申されたのかな」

忠光に制せられた。山田はうつむき、

「その……。吟味の場よりの上申がございませんでしたゆえ……」

と、口をもごもごとさせた。忠光は村岡に向き、

「村岡、独断で拷問を行ったのであるな」

村岡は口を硬く引き結んだ。

「無断で行ったかと聞いておるのじゃ」

忠光は厳しい声を浴びせた。拷問は同心や与力単独の判断では行うことができないのが建前である。何故拷問を加えるのかを町奉行を通し評定所に上申し、評定所で認

可されて初めて行うことができる。凶悪な賊に対しては、時に事後承諾として行うこともあるが、本来ならこのような正規の手続きが必要だった。吟味方与力の腕の良し悪しは拷問を加えることなく下手人から自白の調書を取ることで評価された。厳しい拷問の末、下手人と証拠立てても高くは評価されない。村岡は悔しさと怒りで顔を真っ赤に上気させ、

「はい、ですが、御公儀御小納戸頭取の要職にあるお方を毒殺するような者、いわば、御公儀に弓引く大罪人と判断し、一刻も早い裁許が必要と思い、つい、拷問を加えてしまったのでございます」

と、必死の形相で訴えかけた。忠光はうんうんとうなずいていたが、小首を傾げ、

「なるほど、そのほうの申すこと一理あるようにも思えるが、吟味報告書を読むかぎり、久蔵めはそこに控えおる花輪征史郎の蕎麦の大食い大会優勝を目論むあまりつゆの入った釜に毒を盛ったのであろう。近藤殿が公儀御小納戸頭取にあるなど知りもしなかった。現に近藤殿はお忍びで長寿庵に通っていた。身分を知るは主人善五郎ただ一人である。いかにもおかしな話よな」

と、冷静に突かれ、

「それは、その、久蔵めはきっと知っておったのでござる」

「おい、おい、それでは、久蔵の自白自体がおかしなことになるではないか。少なくとも、花輪を優勝させるためとは言い難い。今の申し方だと、久蔵は最初から近藤殿に狙いをつけていたことになるが……」

「ですから、それは」

村岡が悪あがきをやめないため、ついに忠光は眉を吊り上げ、

「控えよ。村岡玄蔵、そのほう、これまでにもたびたび評定所の認可なく拷問による吟味を行っておるな。おまけに、その中には、無実の濡れ衣を着せられた者もいると聞く。こたびも手柄欲しさに無理強いをしたのであろう」

村岡は平伏した。忠光は山田に向き直り、

「以上、久蔵の無実、明らかと思うが」

山田は面を伏せながら、

「御意にございます」

「村岡、山田殿もこう申されておる」

村岡は降参するしかなかった。忠光は笑みを浮かべながら、

「本間殿、何かござるかな」

本間も抗《あらが》うつもりはないように、

「出雲殿が申されること、もっとも至極」

忠光は続いて北橋に目を向け、

「以上のことを基にして吟味を続けよ」

北橋は異論なく両手をついた。次いで、

「花輪征史郎、そのほうの濡れ衣晴れたようじゃ」

と、おごそかに告げた。

「御意にございます」

征史郎は頭を垂れた。

「よって、一切のお咎めはない」

「ありがたき幸せに存じます」

征史郎に続き、征一郎も、

「このたびは、無実とは申せ、我が弟が上さまをはじめ御公儀のみなさま方を煩わせたこと、遺憾に存じます。これも、ひとえに、わたくしの至らなさと存じます」

と、額を畳にこすりつけた。征史郎も頭を下げないではいられなかった。大きな身体を精一杯小さくした。

「ふむ、もうよい」

忠光は鷹揚に声をかけた。

征史郎は顔を上げ、

「久蔵めもお解き放ちでございますな」

忠光は山田を向き、

「久蔵のことは町方の差配であるが、山田殿もこの吟味の場に出られた以上は解き放つ以外に道はないと存ずるが」

山田も異存があるはずはなく、

「もちろんでございます」

征史郎が高らかな声で、

「久蔵、良かったな」

「ありがとうございます」

久蔵は顔を歪めた。笑ったつもりなのだろうが、赤黒くむくんだ顔は不気味であった。それでも、評定の場には夏には不似合いな涼やかな風が吹き込んだ。一人、村岡のみは屈辱に顔をうつむかせていた。

「いやあ、出雲殿のおかげで無実の人間に濡れ衣を着せることなくすみました」

本間は機を見るに敏、まさに評定の始まる頃とは態度を一変させていた。忠光はお

ごそかに、

「いや、これは、お紺の勇気でござる。自らの偽証を悔い改めた、お紺の」

本間は手を打ち、

「そうじゃ。山田殿、お紺の偽証は罪なれど、そこのところはよきに配慮されよ」

山田も、

「承知いたしました」

征史郎は笑顔で征一郎を見たが、征一郎は厳しい顔をしたまま舌打ちを返すのみだった。

第五章　真犯人探索

一

　次の日の夕暮れ、征史郎と吉蔵は忠光に呼び出された。

　柳橋の高級料理屋吉林《きちりん》の離れ座敷である。吉林は大川と神田川が交錯する柳橋の袂、浅草下平右衛門町の一角にある桧造りの高級料理屋だ。僧侶や彼らを接待する商人の利用客が多い。武士の利用が少ないことから、忠光は征史郎、吉蔵に内命を与えるに際して、この料理屋を利用している。

　いつもは身分差を考慮し、吉蔵は忠光、征史郎と同席することはせず、庭先に控えていたが、今日は一緒に話を聞くよう求められた。障子が開け放たれ、大川の川風が吹き込んでくる。庭の木々が濡れ縁に影を引かせている。油蟬に代わって蜩《ひぐらし》の鳴き声が離れ座敷に降り注いでいた。

既に食膳が調えられている。いつもだったらすぐに箸を伸ばしたいところだが今夕ばかりはそんな気にはならず、忠光の言葉を待った。

「ともかく、窮地は脱したということじゃ」

忠光は静かに口を開いた。おもむろに杯を差し出す。征史郎は蒔絵《まきえ》銚子を取り上げ神妙な顔で酌をした。

「危ないところでした。出雲さまにはまことにお世話になりました」

征史郎が言ったところで、

「吉蔵の倅もよくやったではないか」

忠光に誉められ、「いやあ、大した働きはしておりません」と吉蔵は頭を掻いたが、顔からはうれしそうな笑みがこぼれていた。

「謙遜することはない。あそこで、よくぞ吉太郎が踏ん張ってくれたものだ」

征史郎も評定の場での吉太郎のがんばり、すなわち村岡による久蔵拷問の証言をしたことを賞賛した。吉蔵は、

「これも、若が剣術で鍛えてくれたおかげですよ」

「いや、そんなことはない。おまえの血を引いたんだ。義を貫き通すという血がな」

「わたしは、そんな大した者じゃありませんよ」

征史郎はふと真顔になって、

「しかし、村岡から苛《いじ》められなければいいのだが」

忠光が、

「村岡はしばらく謹慎だ」

「倅もそれを乗り越えてこそ、一人前の同心になるというものですよ」

「そうだな」

征史郎は吉蔵にも蒔絵銚子を向けた。吉蔵は畏《かしこ》まった顔で受けた。征史郎は忠光に向き直り、

「こうなると、真の下手人が気になります」

「ふむ、そうじゃな」

忠光の目が光った。

「振り出しに戻りましたね。状況から考えて、下手人は近藤さま、為五郎、それに、若、いずれかを狙ったのでしょう。すると、各々を狙う必要がある者を調べ直す必要があると存じますが」

吉蔵は頬を強張らせた。

「おれを狙っても仕方ないだろう」

征史郎はかぶりを振った。

「それは分かりませんよ。優勝争いがからんでおるかもしれません」

「では、あの時の状況からして、為五郎か為五郎の仲間、つまり、仙台藩ということになる。近藤さまはおれと為五郎に相当な差をつけられていたんだからな」

仙台藩と聞き、忠光の顔が複雑に歪んだ。征史郎が、

「それはないな」

きっぱりと否定した。

「何故じゃ」

忠光が視線を向けてきた。

「わたしのつゆのお代わりを為五郎の奴、横取りしたのでございます。あいつがわたしを狙ったのなら、そんなことはしないでしょう」

すかさず吉蔵が、

「為五郎にその気がなくても仙台藩の方々がやったとしたらどうでしょう」

「しかし、それなら、台所に出入りすれば目立つ。羽織、袴の武士だからな」

「あらかじめ町人のなりで伏せておいたのでは」

「そこまでするかな」

征史郎は腕を組んだ。

「まあ、そこまでするとは思えんな。ここは、近藤殿を狙った線を追うのが筋というものだ」

忠光は静かに結論づけた。

「いつかの晩に申された、田安さまの線ですか」

征史郎が聞くと、

「いかにも」

忠光は顎を引いた。

「近藤さまがお亡くなりになってのち、御小納戸頭取に就かれたのは」

征史郎の問いかけに、

「岡部《おかべ》総《そう》右衛門《えもん》殿じゃ。直参五千石、三河以来の名門の出、温厚で誠実なお人柄と評判の御仁だな」

「田安さまとの繋がりはいかがなものでしょう」

「特別にはないと思うが、取り込まれるということは考えられる」

「では、取っかかりとしましては岡部さまの身辺から調べるということに」

征史郎が決心を滲ませると、

「そうだが、それは吉蔵に任せる」

忠光は吉蔵に視線を向けた。

「承知いたしました」

吉蔵が言うと、

「ここは、わたしもやらせてください」

征史郎も身を乗り出したが、

「いや、おまえでは目立ちすぎるだろう」

忠光は冗談とも本気ともつかない顔をした。

征史郎ははにかんだように吉蔵を見た。

「若、ここはわたしに任せてください」

「すまんな」

征史郎は軽く頭を下げた。

「田安卿、またぞろ、悪い虫を呼び覚まされたのかもな」

忠光は苦い顔をして外を眺めた。空を黒ずんだ雲が覆った。川風が止み、風は生暖かくなった。湿り気と鉄錆のような臭いを感ずる。雨か、と思ったら雷光が走り、しばらくして雷鳴が轟いた。

「やってきましたね」

吉蔵も空を見上げたところで、大粒の雨が濡れ縁を濡らした。

「夕立か。暑気払いには丁度良い」

忠光は杯を口にあてがいながら、ぽつりと言った。

二

その二日後、征一郎は忠光に呼び止められた。江戸城、芙蓉の間の控えの間で二人は対座した。

「先日は我が弟のためにご尽力いただきまして、まことにありがとうございます」

征一郎はまず、深々と頭を下げた。

「なんの、お紺の目安箱への投書がなかったら危ういところだった。名もなき庶民の声にも耳を傾けるという有徳院さま（吉宗）の御遺命を忠実に守っておられる上さまのお心が花輪殿の弟を救ったのでござる」

征一郎は辞《じ》を低くし、

「おおせ、ごもっともにございます」

忠光はしばらく目安箱の効用を語ってから、

「ところで、気になることを耳にした」

「それは、近藤さま毒殺に関わることでございますか」

征一郎も緊張を走らせた。

「関わりがあるかどうかは、今後の調べ次第と思うが、新しく御小納戸頭取になった岡部殿のことじゃ」

忠光はここで辺りを憚《はばか》るように声を低めた。征一郎は顎を引いた。

「岡部殿は、昨今、田安さまのお屋敷を頻繁に訪れている。大奥出入りの商人の見直しにつき、田安さまのご意見を取り入れようとなさっておられるようだ」

忠光は吉蔵の探索の成果を述べた。

「岡部さまが田安さまに接近したというのはどういうことでしょう」

「近藤殿毒殺と関わりがあるとは思わぬか」

「それは、なんとも」

征一郎は慎重に言葉を濁らせた。

「もちろん、それだけで繋がりがあると考えるのは早計だ。早計ゆえ、そのほうに探りを入れてもらいたい」

「ですが、わたしごときが」

異論を挟むことはできないが、

「そのほうの目は確かじゃ。会ってみて、大奥出入りの商人選定、田安屋敷詣でのことを確かめるのじゃ」

「かしこまりました」

征一郎は請け負わないわけにはいかない。

「ところで、征史郎はいかがしておる」

忠光は空気を和らげようとしたのか微笑んだ。

「あれから、多少は懲りたと見え、町道場と屋敷を往復する毎日でございます」

征一郎は舌打ちをして見せた。

「そうか」

忠光も笑みをこぼした。

「では、これにて」

征一郎は腰を上げた。上げながら、岡部との面談をいかにするか考えた。

翌日の夕暮れ、征一郎は番町にある岡部の屋敷を訪れた。裏門に回ってみた。すると、商人風の男達が何人か群れている。早速、新しい御小納戸頭取への付け届けをしに来ているのだろうと、柳の木陰に入って様子を窺う。

商人たちの会話は蜩の鳴き声の間から微妙に漏れてきた。

「硬いお方だ」

「近藤さまのほうが融通が利いた」

「これからはやりにくくなるかな」

商人はぼやくような言葉でやり取りをしながらその場を去った。

征一郎は表門に回り、番士に身分を告げ岡部への面談を取次いでもらった。すぐに中へ通された。御殿の玄関に入り、客間に通される。枯山水の庭に面した簡素な座敷だった。まばゆいばかりの輝きを放つ白砂に並べられた庭石が島のように浮かび、幽玄の世界を醸し出している。束の間の癒しを感ずることができた。座敷には特別な装飾品はない。全体に質素な趣の部屋といえた。

客向けにそうした態度を見せているのか。

それとも、岡部という男の人柄が反映しているのか。

屋敷を見れば、敷地こそ、五千石の広さを誇っているが庭の木々、庭石、庭の造作も特別に金を傾けているようには見えない。そう思っていると、茶を出された。茶碗も特別に高価なものではなく、ごくありふれた清水焼である。

やがて、

「お待たせいたしたな」

と、やって来たのは初老の落ち着いた男である。武士というよりは僧侶といった雰囲気を漂わせている。

「突然の訪問、失礼申し上げます」

征一郎はごく自然に敬意を表すことができた。

「岡部でござる、楽にされよ」

岡部は地味な灰色の小袖を着流し黒の角帯を締めていた。

「本日まいりましたのは」

征一郎はここで一旦、言葉を止めた。岡部は穏やかな顔をしているが目は笑っていない。人の心の中までをも見通すような深みのある眼差しをしている。下手な言い訳は通用しない。それに、征一郎の直感が岡部という人間が小手先の嘘でごまかすことのできるような男ではないと告げた。

征一郎は居住まいを正し、

「本日まいりましたのは、岡部さまにつきまして、よからぬ噂が出ており、そのことでお伺いした次第でございます」

岡部は表情を変えることなく、

「それは、ひょっとして田安さまに関わることではござらんか」

なんの躊躇《ためら》いもなく答えた。

「お察しの通りでございます」

近頃、岡部が頻繁に田安邸を訪れている噂を語った。岡部は目だけは厳しいが温和な笑みをたたえ、

「なるほど、人の噂は千里を走ると申すが、そなたの耳にまで入ったのか。いかにも、田安さまのお屋敷をたびたび訪れておる」

「では、事実でございますね」

「いかにも。田安さまにねだられておるのでな。大奥出入りの商人をご自分の屋敷に出入りする者の中から選べと」

「それで、岡部さまはいかに対応をなさっておられるのですか」

「わしは、あくまで公平に選定するつもりじゃ。よって、身贔屓はできませんとお断りに伺っている次第」

「そうでございましたか」

裏門で耳にした商人達のぼやきが思い出される。岡部の言葉に嘘はないようだ。

「御小納戸頭取、いやあ、なかなか大変な役職だ。亡くなられた近藤殿もさぞや気を使われたことであろう」

岡部は苦笑を漏らした。

「そのお言葉を聞き、安心いたしました」

征一郎は爽やかな気分に浸れた。

三

征史郎は坂上道場で汗を流していた。吉太郎相手に稽古をする。吉太郎は紺の胴着を汗まみれにし、

「もう、これくらいで」

と、息を荒げている。

「まだ、まだ」

征史郎は容赦しない。吉太郎は木刀を構え直した。

「いくぞ」

木刀を上段から振り下ろした。吉太郎の木刀と交わり、弾け飛んだ。

「まいりました」

吉太郎は板敷に両手をついた。

「腰が据わっておらんのだ。腰をもっと鍛えよ」

板敷きに転がった木刀を拾い吉太郎に差し出した。吉太郎はやれやれといった顔で受け取る。

「さあ、素振りをしてみろ」

吉太郎は木刀を杖にしてよろよろと立ち上がった。

「こら、しっかりしろ」

吉太郎の腰を木刀で打った。吉太郎は苦痛に顔を歪ませる。それから、征史郎に促され、素振りを始める。

「腰だ、腰」

征史郎の厳しい声が飛ぶ。吉太郎は顔を歪ませた。

「おまえには、世話になった。恩返ししないとな」

「これが、恩返しですか」

吉太郎は顔を益々歪める。

「そうだ、おれにできることは剣を通じておまえを鍛えることしかないんだ」

「はあ、お願いします」

吉太郎は悲鳴を上げながら素振りを繰り返した。弥太郎から稽古の終了を告げられた。

「よし、いいぞ」

征史郎に言われ、吉太郎はよろよろと板敷に尻を落とした。征史郎は、

「今日も暑かったな」

と、井戸端に向かった。吉太郎は立ち上がることもできず、板敷に仰向けになった。すっかり疲労困憊の様子である。疲れきっている。しばらく武者窓から差し込む夕風に身体を任せた。すると、風の中に甘い香りを感じた。

「お疲れですか」

涼風のような美しい声音が耳に届いた。あわてて上半身を起こした。早苗がにっこり微笑んでいた。

「これは、失礼しました」

吉太郎はあわてて正座した。

「お楽にどうぞ」

早苗は手拭を差し出した。吉太郎はおずおずと受け取った。冷んやりとした感触がした。井戸水に浸して絞ってきたらしい。

「これは、かたじけない」

夕風と相まって心地良い肌触りだ。稽古の疲れが癒された。

「征史郎さまに鍛えられていますね」

早苗はほんわかとした笑みをたたえた。

「至らぬ者で、一向に上達いたしません」

吉太郎はうつむいた。

「征史郎さまはとても誠実なお方です。吉太郎さまに上達して欲しい一心なのです。ですから、しっかり稽古なされればきっと上達しますよ」

「はあ」

「がんばってくださいね」

早苗は甘い香りを残し、くるりと背を向けた。

「あの……」

もっと言葉を交わしたい衝動に駆られたが、言葉を発する前に早苗は去って行った。

胸がじわりと暖かくなった。

「早苗殿」

吉太郎は早苗の背中が玄関に消えるまで視線をそらさなかった。すると、

「吉太郎」

征史郎のがさつな声がした。我に返り、

「はい、ただいま」

と、腰を上げた。玄関を出ると征史郎の巨体があった。

「どうした、ぼうっとした顔で」

征史郎はどこか夢見心地のようなうつろな目をした吉太郎を危ぶんだ。

「いえ、別に」

「疲れたのか」

「ええ、多少は」

「あれくらいの稽古で音《ね》を上げるんじゃ男がすたるぞ」

征史郎はがははと笑った。

「音を上げてなどいません」

吉太郎は顔を上げた。

「よし、その意気だ」

「わたし、明日からは毎日、お役目が終わったら通います。それに、非番の日は朝から通います」

吉太郎は目を輝かせた。

「それは、頼もしい」

吉太郎の肩を叩いた。

「では、これにて」

吉太郎は軽やかな足取りで走り去った。

「どうした？」

手荒な稽古をやりすぎて頭がおかしくなったのか。小首を傾げると、早苗がやって来た。胸がときめく。

「吉太郎さまに熱心に指導なさっておられますね」

「あいつの親父から直々《じきじき》に頼まれましたので」

「お父上とはおつきあいが長いのですか」

「昨年の秋頃からですが、妙に馬が合いまして」

早苗には吉蔵との関係は言えない。

「義理堅い征史郎さまらしいですわ」

「まあ、できるだけやってみます。ほかの門人達の迷惑にはならないように」

「そんな、迷惑なんてとんでもないですわ。みなさん、征史郎さまと吉太郎さまの熱心なお稽古に刺激されていますます」

「それなら、いいのですが」

すっかり気を良くして、明日からの稽古が楽しみになった。

四

足取りも軽く浅草三間町の久蔵の長屋に向かった。長屋に着くと、腰高障子越しに、

「おれだ」

と、声を放った。

「若ですか」

情けない声が返された。征史郎は腰高障子を開け、

「これでも食え」

と、竹の皮に包まれた牡丹餅《ぼたもち》を見せた。久蔵は蒲団に寝ていた。まだ、顔には痣が

どす黒く残っている。

「すんません」

久蔵は這うようにして蒲団から出て来た。

「どうだ」

征史郎は大刀を鞘ごと抜き板敷に上がった。

「まだ、身体のあちこちが痛みやすよ」

「この辺か」

征史郎が肩をさすると、たちまち久蔵の顔が歪んだ。

「おまけに、この顔でげすよ。商売に出られませんや」

久蔵は自分の顔を指差した。

「その顔じゃな。客も芸者も引いてしまうよな」

征史郎は腹を抱えて笑った。久蔵は顔を歪め、

「冗談じゃありやせんや。商売上がったりでげすよ」

ぶつぶつ言いながらも餅を頬張った。

「それだけ食えれば、じき座敷に出られるようになるさ」

「身体が言うこと聞いても、この顔じゃあね。幇間は顔が命ですからね」

久蔵は手鏡を覗き込んだ。

「ふん、色気づきやがって」

征史郎が苦笑を漏らしたところで、

「待てよ」

久蔵は鏡から顔を上げた。

「どうした」

「これ、案外と受けるかもしれませんや」

久蔵は目の周りにできた痣を指差した。それから、おもむろに手拭で頰かむりをする。口を尖らせ、ひょっとこのような顔をした。思わず、

「ははは、こいつはいい」

征史郎は腹を抱えて笑った。久蔵はそのまま踊りだした。

「おい、おまえその顔のほうがいいよ」

「そうですか」

久蔵は満更でもなさそうだ。

「お座敷に呼ばれる機会が増えるぞ」

「痣が残っているうちですけどね」

「心配するな。痣が消えたらおれが殴ってやるよ」

「やめてくださいよ。あたしゃ、あの鬼与力から一生分、ぶん殴られたんですから」

「それにしても、やってもいない罪を背負うことはないだろう」

「だって、殺されるかと思ったんですよ」

「認めたら死罪だぞ。一緒じゃないか」

「そらそうですがね、あの時はもうその場を逃れたい一心でしたよ」

「ま、こうやって無事に帰って来られたんだから、よし、とするか」

征史郎も牡丹餅を頬張った。

「いやあ、ひでえ目に遭いました。こうなったら、これをネタにしてやりますよ。評定所にまで引き出され、危うく死罪にされそうになった幇間なんていませんからね。お座敷で旦那衆から心づけを弾んでもらいます」

「そうだ、その意気だ」

「転んでもただじゃ起きません」

久蔵は芝居がかった物言いをした。

「ところで、おまえ台所を出入りした時、何か気がつかなかったか」

「気がついていれば、吟味の場で申し上げますがね、台所じゃありませんが、ちょっと気になることが、いや、関係ないな」

久蔵は珍しく真面目な顔をした。

「なんだ、話してみろよ」

「為五郎のことなんですよ」

「為五郎がどうした」

「妙に気負っていたというか」

「あいつはいつも気負っているじゃないか」

「それが、今回は一段と気負っていました。前もって若に挑戦状を叩きつけたりしてましたし、大会の最中もやたらと若のほうばかりを見てましたよ。仙台藩の方々の叱咤も相当なものでしたね」

久蔵は思い出すように天井を見上げた。

「仙台藩の連中に相当なねじを巻かれたようだったな」

「そうなんですよ」

「それが、今度の毒殺に関係するのかな」

「さあ、どうでしょうね」

「ま、いいや。それより、思ったより元気そうでよかったよ」

「あたしゃ、首を撥《は》ねられても死にやしないですよ」

「よく言うよ、評定所で情けない声出しやがって」

「それは、言いっこなしですよ」

「ま、いいだろう」

征史郎は財布から二分金と一分金で一両を取り出した。

「すんません」

「しっかり養生しろよ」

「ありがとうございます」

征史郎は長屋を出た。

――百川為五郎か――

為五郎のでっぷりとした悪党面が浮かんだ。為五郎が毒殺に関与しているとは思えない。自分が使おうとしたつゆを横取りしたのだ。すると、やはり、近藤の線なのだろうか。お紺に偽証させた黒幕は誰だ。

「やはり、田安卿か」

御公儀御小納戸頭取にある者を公然と毒殺するとは、よほどの大物に違いない。またしても田安宗武は陰謀を巡らせているのか。

「よし」

と気合いを入れる。ふと、吉太郎の朗らかな顔が思い出された。

「明日も絞ってやるか」

征史郎は剣を振るう真似をした。

五

翌日、登城の前、征一郎は忠光を訪ねた。忠光は書院で引見した。

「ご苦労だったな」

忠光はまずねぎらいの言葉をかけた。征一郎は黙って顎を引いた。

「して、いかがであった」

忠光の目元が厳しく引き締まった。

「わたしは、岡部さまは清廉潔白のお方と存じます」

岡部との面談の経緯を語った。忠光は腕組みをして聞いていた。

「なるほどのう」

次いで思案をするように視線を彷徨《さまよ》わせた。

「わたしには岡部さまが田安さまから取り込まれておられることはないと存じます」

「そう思うか」

忠光はつぶやいた。

「では、これにて」

征一郎は長居は無用と腰を上げようとした。それを、

「待て」

忠光は押し留める。征一郎は浮かした腰を落ち着かせた。

「今回の長寿庵の一件、いかに思う」

忠光は近藤毒殺の線を考え、背後に田安宗武の影を想定していた。宗武の狙いを出入り商人の大奥への橋渡しと睨んだ。ところが、案に相違して岡部はそれを拒絶している。宗武の計算が外れたということか。

忠光が思案を重ねたところで、

「今回の毒殺、特定の者を狙ったにしてはあまりにずさんと思います。あのつゆを近藤さまが使われたのは偶然というものです。我が弟、あるいは為五郎が使ったとしても不思議ではなかった」

「いかにも、その通りだ」

忠光は目で先を促した。

「となりますと、下手人の意図が読めません。一体、なんのために毒を盛ったのか。死ぬのは誰でもよかったのではないのか、とすら思えてしまいます」

「確かにな」

「あるいは、全く、逆の考えもございます。下手人は近藤さま、征史郎、為五郎、三人に恨みを抱いていた。三人とも死ねばいいと思った。すると……」

「三人を見知る者ということになるな。そのような者がおるのだろうか」

「わたしも見当がつきません。見当はつきませんが、無理やりに考えを進めますならば、大食い大会出場の常連である者、三人の者に常に苦杯を舐めさせられておる者、ということが考えられますが、それは、ちと無理があります」

「いかにもそうじゃな。近藤殿は大食い大会の常連というわけではない。長寿庵の大会に出たのが初めてだ」

「としましたら、近藤さまは巻き添えを食ったということと考えられなくもございません」

「いずれにしても、想像に想像を重ねるだけ、五里霧中だな」

忠光は眉間に皺を刻んだ。

「町方の取調べが進むのを期待するばかりでございます」

忠光は、征史郎にも探索を命じてあることは黙っていた。

「背景に政が関わらなければよいのですが」

征一郎はつぶやいた。

「いかにも」

忠光も言葉短く賛同した。


その日、征一郎は屋敷に戻ってからふと征史郎の長屋に足を運んだ。

征史郎はさすがに夜遊びはせず、長屋にいた。征一郎が訪れるなどまずないことだ。

征史郎は、

「これは」

と、口をあんぐりとさせた。

「近頃は真面目に暮らしておるか」

征一郎は土間に立ったまま声をかけた。

「まあ、茶など」

征史郎は上がるよう軽く頭を下げた。

「いや、すぐに帰る」

征一郎は裃に身を固めたままである。

「茶の一杯くらいはよろしいでしょう」

征史郎は言いながら茶を探したが、見つからない。隣のお房に借りようとしたが、

「よい」

征一郎に制せられた。

「いかがされたのです」

「おまえの暮らしぶりがちとばかり気になっただけじゃ」

征一郎はぶっきらぼうに言った。

「それは、恐縮でございます。この通り、いたって真面目に暮らしておりますので、どうかご心配なく」

「心配ではない。おまえに問題を起こされたのでは花輪家の面目に関わるからな」

「さようでございますか」

「そうじゃ。もう、二度とあのような連中と交わるな」

「久蔵ですか」

「あのような者に近づくではない」

「分かりました」

今日も会って来たとは口が裂けても言えなかった。

「ならば、これで休む」

征一郎は踵を返した。

「さて、明日から、探索をするか」

征史郎はほっとした思いで部屋に上がった。

第六章　御上覧相撲

一

征史郎は吉蔵と共に深川にある仙台藩蔵屋敷を訪ねた。百川為五郎から話を聞くためである。蔵屋敷は大川と仙台堀が交錯した一角、敷地五千四百坪の広大な屋敷である。強い日差しが川面を弾き、荷船が行き交っている。船頭の舟歌と潮風を味わいながら蔵屋敷の門番に為五郎への取次ぎを頼んだ。吉蔵には外で待つように言った。

しばらくして、為五郎の巨体が現れた。為五郎は不機嫌な笑みを浮かべ、

「これは、こって牛の若さま、何用でいらっしゃいますか」

「少々、立ち入ったことを聞きたくてな」

「まあ、中へどうぞ」

為五郎は汗で濡れた浴衣を背中に張りつかせ、奥へ入って行った。蔵屋敷というとでいかめしい御殿はなく、土蔵のほかに板葺や藁葺の平屋がいくつも建ち並んでいる。広々とした庭には米や茄子、瓜といった野菜が栽培され、藩士と思《おぼ》しき男達が鍬《くわ》を担ぎ農作業に従事していた。征史郎に注意を向ける者はいない。為五郎が、仙台藩士ではなく近在から雇った百姓達だと教えてくれた。どうりで手馴れたものだと、汗にまみれ茄子と格闘している連中を横目に奥に進んだ。雑木林があり、それを抜けると大きな板葺き屋根の平屋建てがある。稽古場らしい。為五郎に続いて中に入ると、むさ苦しい汗の匂いが鼻をついた。力士達が身体に汗と砂をべったりと張りつかせ、稽古にいそしんでいる。鉄砲を行う者、ぶつかり稽古を行う者、四股を踏む者、みな気合いをみなぎらせていた。

「なかなか、気合いが入っているな」

見ていてすがすがしくなった。

「若だって剣術の稽古は気合いが入っているでしょう。おれ達だって、これでおまんま食っているんでさあ。真剣にもなりますわ」

「大食い大会も真剣だな」

征史郎の言葉をからかいと受け取ったのか為五郎は不機嫌な表情を浮かべ、

「ところで、ご用件はなんですか」

「長寿庵の蕎麦大会のことだ」

「聞きましたよ。若の小判鮫の久蔵が下手人に間違われ、若まで巻き添いを食ったって話じゃありませんか」

為五郎はおかしそうに肩を揺すった。

「ああ、とんだ迷惑だったよ」

「で、まさか、おれが毒を盛ったって言うんじゃないでしょうね」

「そんなことは言わない。第一、おまえはあのつゆをおれに回さずに、横取りしたじゃないか」

為五郎はばつが悪そうな顔になったが、じきに、

「あの時は、おれもつゆが欲しかったんでさあ。若と競り合っていましたからね。時がないのに、悠長に待ってなんかいられなかった、すいませんでしたね」

「そうまでして勝ちたかったのか」

「勝ちたかったですね」

為五郎は大きく息を吐いた。征史郎はニヤリとし、

「なんで、そうまでして勝ちたかった」

「決まってまさあ。若とは大食い大会で勝ったり負けたりだ。前回は負けた。今度は絶対負けないと思っただけですよ」

為五郎は身体を揺すった。

「そうか、それだけか」

思わせぶりな笑みを送った。

「ほかに何があるっていうんです」

「それにしては、力の入れようが尋常ではなかったと申しておるのだ」

「そうでもありませんや」

「いいや、尋常ではなかった。殺気だっていた。何があったのだ」

「何もないですよ」

為五郎は浴衣を脱いだ。

「聞かせてくれ」

すると為五郎は問いかけには答えず、代わりに、

「若、一緒にどうです」

「おれが相撲を取るのか」

「こいつら相手に相撲を取って負かしたら、話しましょうか」

為五郎は挑発するようににんまりとした。

「よし、やってやろうじゃないか」

征史郎は白絣の単衣を諸肌《もろはだ》脱ぎにし、袴の股立ちを取った。力士にも負けない、分厚い胸板が日差しを弾いた。為五郎は鉄砲稽古をしていた力士を呼び、

「このお侍と相撲を取れ」

「へい」

力士は命ぜられるまま土俵に上がった。征史郎も上がる。いきなり、力士が肩からぶつかってきた。巨大な猪を受け止めたようなものだ。腰を落とし息を吐いた。力士が押してくるのを堪え、

「どうりゃ」

凄まじい気合いと共に上手投げを放った。力士の身体が弧を描いた。

「次」

為五郎は二人目を突進させた。今度も、征史郎はなんなく投げ飛ばす。三人目も投げ飛ばされたところで、

「次だ」

為五郎は四人目にひときわ大きな身体をした男を指名した。力士は土俵に上がるや

張り手をかましてきた。意表をつかれた征史郎は右の頬に衝撃を受けた。気が遠くなりそうだったが、闘争本能が征史郎を正気に戻した。負けじと右手で張った。張り手が相手に決まった。相手も張り手を繰り出す。二人は張り手をし合った。

周囲から歓声が上がった。相手は征史郎を抱きかかえにきた。避けようとしたが、力士の動きは見かけとは違い素早かった。両腕で胴を抱かれた。次いで、そのまま抱き上げられた。締め上げられ息が詰まりそうになった。征史郎は足をばたつかせ、激しく抗った。両腕の力が緩んだ。それを見逃さず、

「てや！」

と、下手投げをかけた。巨体がごろんと転がった。

「ようし、おれだ」

為五郎が上がってきた。征史郎はさすがに息が荒くなっていた。為五郎はかまわず飛び込んで来る。今更、逃げるわけにはいかない。為五郎の身体を受け止めた。巨岩が圧《の》しかかって来たようだ。ずずっと足が砂の上を後方に滑った。征史郎は為五郎のまわしを取った。土俵の真ん中で四つに組んだ。

「若、やるね」

為五郎は余裕たっぷりである。それは、そうだ。こっちは既に四人を相手にしてい

るのだ。正直言って両手に力が入らない。言葉も出なかった。

「おのれ」

苦し紛れに吊り上げた。為五郎の身体はびくともしない。大地に根を生やした巨大な木株のようだ。為五郎は征史郎の苦闘を嘲笑するかのようににやついている。その顔を見れば、憎らしさに身が焦がされたがどうしようもない。ふうっと重い息を漏らした時、下半身の力が抜けた。

それを逃さず、

「とお」

為五郎は上手投げを繰り出した。

征史郎に耐える力は残っていなかった。激しく土俵を転がった。

二

「若、大丈夫ですかい」

為五郎は右手を差し出してきた。

「ああ、大丈夫だ」

素直に好意に甘えた。

「若、相撲取りになって真面目に稽古を積めば大関になれるかもしれませんぜ」

「今更、遅いよ。おまえ、番付は何だ」

「関脇でさあ」

「さすがは、関脇だな。手も足も出なかったぞ」

「そうでもありませんや。四人相手にした若に勝ったところで自慢になりゃしません」

為五郎は妙に神妙になった。

「さすがに本職の上手投げは効いたぞ」

征史郎は起き上がった。為五郎が若手を目で促した。力士達が、手拭で征史郎の背中についた砂を拭いた。

「近々、薩摩藩と相撲の試合があるんですよ」

為五郎はぽつりと言った。征史郎がぽかんとしていると、

「若が聞きたがっていた、殺気だってたというわけでさあ」

そう言われて、

「なんだ、おれは負けたのに教えてくれるのか」

「ですから、あれは、おれが勝ったうちには入りません」

「そうか、すまんな。薩摩との試合があるとどうしてそんなに殺気だったのだ」

「お偉方が殺気だっていたんでさあ。絶対負けるな、負けてはならん」

「上は何故そんなに対抗心を燃やしているのだ」

「公方《くぼう》さまの御上覧ですからね」

「ほう、それは気合いが入るというものだな」

「そればかりじゃ、ありません。わしにとって大関の岩力太郎右衛門は絶対に負けたくない相手なんですよ」

為五郎は闘争心をむき出しにした。

「ほう」

興味が沸いた。

「太郎右衛門は前の蕎麦の大食い大会で百枚を平らげたんでさあ」

「そいつはすごいな」

さすがは大関だと思った。

「だから、絶対負けられなかったんです」

「つまり、仙台藩の連中は薩摩への対抗意識、おまえは岩力への対抗意識があったということだな」

「まあ、そういうことで」

為五郎はこくりとうなずいた。

「仙台藩がそんなに強い対抗心を燃やすのは公方さまの御上覧ということだからか」

「そうだと思いますよ。何せ、おれたち、薩摩に負けたら当分、米の飯は食わせないと、ねじを巻かれていますから」

為五郎は舌打ちした。

「それはまた厳しいなあ」

「その代わり、薩摩に勝ったら一人十両の給金と吉原で遊ばせてくれるって約束でさあ」

為五郎の顔が綻んだ。

「なるほど、飴と鞭か」

「そういうことでさあ」

「しかし、そこまでして勝ちたいものなのか」

「そら、公方さまがご覧になりますからね」

「公方さまからも褒美が出るということか」

「それは、大変な褒美でしょうがね」

為五郎は浮き立った顔をした。

「となると、薩摩も大変な気合いの入れようだろうな」

「ええ、太郎右衛門の奴、蕎麦の大食い大会にまで来ていたくらいですからね」

「そうだったな」

太郎右衛門の巨大だが、がっしりとした顔が瞼に甦った。

「だから、おれたちは負けられないんでさあ」

為五郎の肌に決意を示すように赤みが差した。

「稽古の邪魔をしてすまなかったな」

征史郎は懐から金一両を取り出した。為五郎は躊躇《ためら》う風を見せたが、

「ごっつあんです」

と、笑みを広げた。為五郎に促され力士達も口々に、「ごっつあんです」を叫び続けた。征史郎は、

「今度は負けん」

為五郎は薄ら笑いを浮かべ、その言葉を受け止めた。

「相撲じゃない。大食い大会だ」

今度は為五郎が大きくうなずいた。

思いきり身体を動かしたせいで、すがすがしい気分に浸れた。大川から渡ってくる川風が心地良い。屋敷を出ると吉蔵が心配そうな顔で寄って来た。

「大丈夫ですかい」

「ああ、気分よかった」

「で、何かわかりましたか」

「薩摩と仙台とで将軍家御上覧の相撲試合をするそうだ」

征史郎は為五郎から聞いたことを伝えた。

「それじゃあ、気合いも入ろうというものですね」

「でも、これにはもう一つ裏がありそうだな。だって、そうだろう。お互いの面子《めんつ》だけにしては、ちとばかり気合いの入れようが過ぎるとは思わんか」

「そういえば」

「出雲さまに報告し、確かめてみる」

「大岡さまなら、何かご存知かもしれませんね」

「そういうことだ」

歩測を速めようとしたところで、

「そういえば、吉太郎、剣術の稽古、馬鹿に張り切っていたぞ」

「少しはものになりますかね」

「ああ、このまま精進すればな」

「なら、いいんですがね」

吉蔵はすっかり父親の顔になった。

「大丈夫さ、根が真面目で馬鹿正直な男だからな。親父とは大違いだ」

「悪うござんしたね」

吉蔵も足を速めた。

「むくれるなよ」

「むくれちゃいませんよ」

「ちょっと、確かめて欲しいことがある」

「なんでしょう」

「薩摩藩お抱え力士岩力太郎右衛門の立ち寄りそうな所だ。内密で会いたいんだ」

「太郎右衛門に探りを入れるんですね」

「どうも気になる」

「でも、いきなり話をしてくれますかね」

吉蔵は危ぶんでいる。

「なに、当たって砕けろだ。もっとも、相手が大関とあっちゃ、本当に砕けてしまうかもしれんがな」

征史郎は笑った。

「まったく、無茶しねえでくださいよ」

吉蔵は踵を返した。

三

征史郎は忠光を訪ねた。

「しばし、待て」

忠光は珍しく庭で素振りをしていた。小袖を片肌脱ぎにして木刀を振っている。玉のような汗をややたるんだ色白の肌に光らせ正面を見据えていた。征史郎を横目に、

「そこに座っておれ」

と、縁側を顎でしゃくった。征史郎は縁側で正座しようとしたが、

「そこ、そこ」

と、つい声をかけてしまった。

「なんじゃ」

忠光は木刀を振るう手を休めることなく聞く。

「腰が入っておりません」

「なんじゃと」

忠光は不機嫌さを声に滲ませた。

「ですから、腰をもっと定めて振らないと素振りになりません。腕だけを動かしても修練にはなりませんぞ」

忠光は木刀の手を休め、

「では、わしが先ほどから行っておるのは、まことの素振りではないと申すか」

征史郎は涼しい顔で、

「御意にございます」

「この無礼者が」

忠光は苦虫を嚙んだような顔で縁側に腰を下ろした。小姓がすぐに背中の汗を拭った。

「わたしが剣術のご指南をいたしましょうか」

征史郎がおかしそうに言うと、

「ふん、おまえを師と仰げと申すか」

「いかにも」

忠光は、「たわけたことを申すな」と吐き捨て、自分の横に視線を落とした。征史郎は一礼してから横に腰をかけた。

「仙台藩お抱えの力士百川為五郎と会ってまいりました」

危うく、「相撲を取ってまいりました」と口に出しそうになった。それから、おもむろに会ってきた経緯を語った。

「それで、思ったのですが、薩摩と仙台の上さま御上覧によります相撲の対抗戦、何やら裏がありそうでなりません」

忠光は素振りで乱れた息を整え、

「薩摩、仙台の二藩、ちとばかり妙なことになってまいったな」

その表情は複雑だった。

「いかなることでございますか。話せぬことですか」

忠光はしばらく庭を眺めていたが、

「御公儀の治水工事がかかっておるのじゃ」

「ほう、いずこの」

「美濃、尾張、伊勢の国境、木曽《きそ》、揖斐《いび》、長良《ながら》という三川が合流するがために起こる水害を鎮《しず》める工事だ。三川を分流するという大変な難工事じゃな。それを薩摩か仙台かに請け負わせる」

「まさか、それを相撲で決着をつけようというのですか」

呆れる思いがした。

幕府が外様大名に命じて行わせる工事は財力を削ぐという目的があることは公然の秘密だ。それにしても、木曽三川の分流治水工事とはいかにも多大な出費が予想される。薩摩、仙台という外様の雄藩、国持ち格の大名でないと請け負うことはできない。とてものこと引き受けたくはない工事に違いない。

「相当な難工事だ。できれば引き受けたくはない。両藩は躍起になって工事を請け負わないよう工作に当たった」

「賄賂をばら撒いたのですか」

とたんに忠光は険しい顔をして、

「申しておくが、わしは受け取っておらん」

「出雲さまのことを申しておるのではございません」

征史郎はかぶりを振り、忠光のことは疑っていないことを言い添えた。

「双方とも幕閣はもとより大奥へも競うように賄賂を贈った。結果、薩摩と仙台どちらに請け負わせるか意見が真っ二つとなった。いくら賄賂といえど、工事への出費に比べたらわずかなものだ」

「御老中方もお困りになられておられたのですね」

「それはもう、頭痛の種じゃった。そんなある時。大奥で薩摩と仙台の御上覧相撲のことが話題になった。そこで、ある側室が座興のつもりであられたのであろう。いっそのこと、この相撲試合で負けたほうに請け負わせたらどうですか、と上さまに言上申し上げたのだ」

「ほう」

「上さまはそれは面白いとおおせになられた。わしは、いくらなんでも、それでは座興が過ぎるのではと思ったが、よくよく考えてみると、これは妙案に思えた。幕閣が二つに割れ、さらにはこれに御三家でも加われば、一種の政争となってしまう。必ず田安卿がここぞとばかりに画策されるだろう。それでは、世情不安となる。相撲ならば決着が目に見えてはっきりする」

「いかにも、その通りでございますな」

「よって、薩摩、仙台双方、今度の相撲には御家の財政が大きく関わっているということじゃ」

「これでよく分かりました」

為五郎達はそんな御家の事情など聞かされることなく、ただ負けるなと尻を叩かれているということだ。気の毒な気もした。

「まさか、毒殺、薩摩の仕業と考えるか」

「為五郎が死ねば、薩摩は勝ったも同然でございます」

「そうであるな」

「その辺を調べとうございます」

忠光はうなずくと、再び木刀を手にした。

四

征史郎と吉蔵は芝松本町一丁目にある夢の湯にやって来た。二階建ての湯屋は表に夢の字を書いた幟《のぼり》が立っていた。

「ここですよ、岩力太郎右衛門は稽古が終わったら、いつもここで汗を流すんだそうです」

夢の字を書いた幟は強い日差しを受けて真っ白な輝きを放ち、申し訳程度に吹く風にそよそよと揺れていた。陽は斜めに傾いているものの暑さは地を覆っている。ここは太郎右衛門を抱える薩摩藩の下屋敷からほど近い。

「丁度、いい。こっちも汗を流そう」

征史郎は鼻歌交じりに中に入った。吉蔵も追ってくる。脱衣所で着物を脱ぎ、ざくろ口に窮屈そうに身を入れると、もうもうとした湯煙が広がっている。湯煙の中から人の声が聞こえた。掛け湯をして中に入った。

湯煙の隙間から湯船にいる人間を確認する。太郎右衛門の姿はなかった。すると、

「太郎右衛門は二階ですよ」

吉蔵が囁いた。

「よし、行くか」

征史郎は湯船を出た。大きな波紋が広がり、周囲にいた人間が、「熱い」を連発した。吉蔵が浴衣を用意した。浴衣に着替え二階に上がった。太郎右衛門はすぐに分かった。広間の真ん中でうつ伏せになり、数人がかりで身体を揉みほぐしていた。一人

は団扇で風を送っている。まるで巨岩が置かれているようだ。

「大関」

征史郎が声をかけると岩が動いた。弟子達が怖い目で征史郎を見ている。太郎右衛門は顔だけを動かし、征史郎に向いた。それから、征史郎が見知った男かどうか記憶の糸を手繰るように目を細めた。

「お侍は……」

征史郎の武家風の髷を見ながらぼそっと言った。横にいた男が、

「お侍、失礼ですが、どちらさまで」

と、太郎右衛門を守るように問いかけてきた。征史郎はどっかと胡座《あぐら》をかいて、

「深川で会ったはずだ。言葉は交わさなかったがな」

と、蕎麦を啜る真似をした。太郎右衛門は身体を起こし胡座をかいた。

「ああ、大食い大会か」

「そうさ」

「思い出しもした。お侍、為五郎の奴と競っていらしたんだ。惜しかった。あんなことがなけりゃ、優勝間違いなしでごわしたのにな」

太郎右衛門はちらりと弟子に視線を送った。弟子は素早く茶を淹れて征史郎の前に

置いた。

「思いもかけないことが起きてしまった」

征史郎は苦笑をした。

「それで、わしになんの用でごわす」

太郎右衛門はやや緊張を帯びた目をした。

「仙台藩と対抗試合があるそうだな」

「そうですが……」

太郎右衛門は征史郎の意図を読み解くように目を細めた。

「為五郎とは宿縁だそうだな」

「ふん」

太郎右衛門は鼻で笑った。

「どうした」

「為五郎なんぞ、相手にもならんでごわす」

「為五郎のほうはおまえに対抗意識満々だぞ」

「わしは、なんとも思うておりもはん」

「それにしては、わざわざ長寿庵にまで足を運んでいたではないか」

「それは、あいつが来いって言って寄越したからでごわす」

「ほう、為五郎がか」

征史郎は茶を口に含んだ。

「そうだ。あいつ、わしが百枚せいろを平らげたと聞いて、それ以上に平らげてみせると言って寄越したのでごわす。それをわしに見せるつもりだったのでしょう」

太郎右衛門は胸を反らした。

「そうか、なるほどな」

征史郎は思案するように顎を掻いた。

「なんで、そんなことを聞きにきたんでごわすか」

「毒を盛った下手人が気になってな」

「なんで、そげなことを、お侍が探す」

「おれが疑われたんだよ」

「ああ、聞きもした。幇間と直参旗本が捕まったと聞きもしたが、その直参がお侍だったのでごわすか」

「そうだ。花輪征史郎と申す」

「とんだ、災難でごわしたな」

「ああ、まったくだ」

「ほんで、真の下手人を探索しておいでですか」

「いかにも」

ここで太郎右衛門の目が険しくなった。

「まさか、わしが盛ったと疑っておられるとですか」

「疑っておった」

征史郎がけろりと返したものだから、弟子達が憤った。

「ほんで、まだ疑っておられますか」

「いや、そんなことはない」

「なぜでごわすか」

「為五郎のことを相手にもしておらんようだからな。わざわざ、危ない橋を渡って毒など盛る必要はないということが分かったのだ」

「そうでごわす」

為五郎は弟子達を宥《なだ》めるように見た。

「仙台との相撲、藩を挙げてのようだな」

「絶対負けるなと、はっぱをかけられておりもす」

「そうだろう」

どうやら太郎右衛門も木曽三川分流治水工事のことは知らないようだ。

「負けるとは思っておらんのだな」

「当たり前でごわす。為五郎とはこれまで、十度取り組みましたが、ただの一度も土をつけられたことはございもはん」

太郎右衛門は言うとからからと笑った。ゆとりの笑いだ。弟子達もそれに合わせるように笑う。

「ならば、為五郎は生きようが死のうが、関係ないのだな」

「土俵の上で正々堂々と決着をつけるつもりでごわす」

「邪魔をした」

征史郎は腰を上げた。

「花輪さま、ずいぶんとご立派なお身体だ。相撲取りになっていたら大関までいけたかもしれもはん」

またか、と征史郎は背を向けた。

五

表に出ると吉蔵が寄って来た。

「太郎右衛門をどう見た」

吉蔵は二階の端で征史郎と太郎右衛門のやり取りを見ていた。

「嘘をついているようには見えませんでした」

「おれもそう思う」

「なら、毒を盛ったのは薩摩ではないということですよね」

「そういうことになるな」

「じゃあ、下手人はやはり近藤さまを狙ったということでしょうか」

「それか、あるいは、おれを」

征史郎はにやりとした。

「若を？」

「ああ」

「何か心当たりがあるんで」

「ない」

吉蔵は肩すかしを食ったように体勢を崩した。

「おれを狙うわけないよな」

征史郎は歩を速めた。御堀端に出た。ようやく、涼やかな風が吹いてくる。堀の水面に小波が立ち、木々の緑が映り込んだ。

すると、

「おい」

吉蔵も、

「後ろですね」

「振り返らずにこのまま歩くぞ」

「分かりました」

二人は何事もないかのようにさっさと歩いて行く。

「四人ほどだな」

「浪人者とやくざ者がまじっています」

「騒ぎになってはめんどうだ」

征史郎は目の前に広がった野原に視線を向けた。何かの商家であったのが、火事に遭ったのであろう。

「行くぞ」

「はい」

二人は一斉に走りだした。背後でざわめきが感じられた。征史郎と吉蔵は野原に駆け込んだ。すると、そこには二人を待ち構えていたように浪人が三人いた。

「その陰にいろ」

吉蔵は一本だけ焼け残った桜の木に身を寄せた。たちまち、七人に囲まれた。

「おい、おまえら、誰に頼まれた」

征史郎は傲然と言い放った。

「…………」

誰も口を開く者はない。

「いいだろう。一つだけ、聞かせてくれ。おまえらの雇い主が毒を盛った下手人なのだな」

それでも答えは返ってこない。代わりに、刃が向けられた。征史郎は三尺の鬼斬り静麻呂を抜き放った。夕陽に赤く刃が染まる。

「てや」

やくざ者が匕首を腰だめにして突っかかって来た。

征史郎は大刀を横に一閃させる。匕首が飛んだ。さらに、突きかかって来るやくざ者に向かって鬼斬り静麻呂を振るう。

「うぎゃあ」

やくざ者は絶叫と共に、血しぶきを上げた。匕首を摑んだ腕が飛んだ。やくざ者は怯えたように後ろに下がった。

浪人者が、

「おのれ」

と、刃を向けてきた。

「どうりゃあ」

征史郎は阿修羅のような形相で立ち向かった。鬼斬り静麻呂が躍動し、浪人者の大刀を折った。征史郎の腕と鬼斬り静麻呂の破壊力を目の当たりにし、

「一両じゃ割が合わん」

浪人たちは逃げ出した。

「そんな……」

やくざ者は動転した。征史郎が鬼斬り静麻呂を振り上げると、悲鳴を上げながら走

りだした。

「逃げ足だけは一級品だな」

「まったくで、あとをつける暇もありませんでしたよ」

吉蔵は悔しそうに小石を投げた。

「ま、いいさ、そのうちに尻尾を出すだろう」

「一体、雇い主は誰でしょうね」

「お紺に偽の証言をさせた奴に決まっているが……」

「もっと、長寿庵を調べる必要がありますね」

「そうだな」

征史郎は沈む夕陽を眺めた。

立ち回りで火照った身体を生暖かい風が包み、汗ばんだ身体が真相の見えないことと相まって、なんとも言えない不快感にさいなまれた。

第七章　同心と与力

一

吉太郎が同心詰所の縁台に座って、これから町廻りに出ようとした時、小者がやって来て、

「村岡さまがお呼びでございます」

と、告げた。嫌な予感がする。村岡はあれから五日の謹慎ののち、半年分の減給処分となっている。自分の証言がもとでそんな罰を受けることになった。そのことを恨みに思ったとしても不思議はない。

「なんの御用だ」

聞いても小者は困ったような顔をするだけだ。

「分かった」

吉太郎は重い足取りで与力用部屋に向かった。

「失礼いたします」

裃姿の村岡は一人文机に向かっていた。同僚の与力達とは誰とも口を利こうとはせず、苦虫を嚙み潰したような顔で黙々と書き物をしていたが、吉太郎に気づくと、

「こちらへ、まいれ」

と、視線を伏せたまま腰を上げ用部屋の隣にある控え座敷に入った。

吉太郎はなんと言葉を発すればいいのか見当がつかず無言で頭を下げた。村岡は表情を消して、

「ずいぶんとしごかれたわ」

と、睨んできた。陰気な死んだ魚のような目だった。うかつには言葉をつくろえない様子である。目を伏せて口を閉じていた。

「すべてはわしのしくじりだ」

村岡はぽつりと言った。吉太郎はちらりと村岡を見上げた。村岡の眉間に影が差した。

「わしのしくじりだった、と思うか」

「………」

吉太郎は口を硬く引き結んだ。

「わしがしくじったのか」

村岡の目が吊り上がった。

「いえ、わたしの調べが足りなかったのも原因と存じます」

気圧されるように、吉太郎は両手をついてしまった。

「調べが足りなかったのも、とはなんだ。主だった原因はわしにあって、おまえの責任はほとんどない、と言いたいのか」

村岡は酒も入っていないのに酔っ払いのようなからみ口調になった。吉太郎の身体は嫌な汗でじっとりと濡れた。

「貴様、わしを侮っておるか」

村岡は怒声を浴びせてきた。

「決してそのようなことはございません」

吉太郎は声を振り絞った。

「ならば、どういうことだ」

顔は蒼ざめ肩で息をしている。迂闊なことを言えば、刃傷《にんじょう》沙汰になりかねない様子だ。

「わたしの調べが足りなかったのでございます」

吉太郎は嵐が通り過ぎるのを耐え忍ぶ稲穂のように平伏した。

「その通りだ。おまえのような者が取調べに当たったがためにわしは誤ったのだ。評定所で若年寄さまや畏れ多くも大岡出雲守さまの前で恥をかかされたのだ。おかげで減封になるは、御奉行の信頼を失うは、まったく、踏んだり蹴ったりであった」

村岡は顔を赤黒くさせた。

「申し訳ございません」

まるで自分が罪を犯したかのような気持ちにさせられた。

「それで、その後の調べはいかがなっておる」

村岡はここで表情を落ち着かせた。

「それが、その」

取調べが進展していないことを語った。

「ふん、人の足を引っ張ることには長《た》けておるが、肝心の下手人を挙げることとなったら、からっきしだめではないか」

村岡は鼻で笑った。

「申し訳ございません」

「申し訳ないのは当然だ」

「このうえは、何がなんでも下手人を挙げてみせます」

吉太郎は顔を上げた。

「口ではなんとでも言える、いかにするのじゃ。具体的に申してみよ」

「長寿庵の近辺を徹底的に洗っております。お紺に偽証させた男を必死で追いかけ、その者を捕らえ下手人との繋がりを明らかにします」

「しかし、成果が上がっておらんではないか」

「今のところは……」

「生ぬるい調べ方をしておるのだろう」

「そんなことはございません」

「何を申す。聞いておるぞ。おまえ、近頃、町廻りもそこそこに奉行所から帰ってくるそうではないか、一体何をしておる」

奉行所の連中には坂上道場に通っていることは話していない。返事に窮していると村岡はねっとりとした視線を向けてくる

「はあ、昨今、父の具合がよろしくありませんもので」

「吉蔵のか」

「はい」

「嘘をつけ」

村岡は甲走った声を出した。

「八丁堀の組屋敷に戻って来るのは夜だというではないか」

「はい」

「遊び歩いておるのか」

「いえ、そのようなことはございません」

「とぼけるな。上役が謹慎しておる時に女にうつつを抜かしておるとは、呆れて物が言えぬ」

村岡は拳を握り締めた。

「そのようなことはございません」

「言い訳はよい。それより」

村岡は思わせぶりに言葉を止めた。吉太郎は身体を硬くした。

「わしは、もう、長寿庵の一件の探索には加われん。しかしな、このままおめおめと引っ込むつもりもない。手柄を立てるつもりだ。おまえ、下手人が分かり次第、わしに報《しら》せよ。名誉挽回だ」

村岡は有無を言わさぬ態度だ。

「承知いたしました」

吉太郎は重い心持ちとなった。

二

その日、征史郎は坂上道場に出た。道場を見回すと吉太郎の姿がない。弥太郎に向かって、

「河瀬はまいりませんでしたか」

弥太郎は手拭で首筋を拭いながら、

「本日は来ておりませんな」

と、目をしばたたいた。

「忙しいのかな」

肩すかしを食ったような思いで木刀を振った。

吉太郎がやって来たのは夕暮れ、稽古が終わってからだった。うつむき加減に、同心の格好のまま弥太郎と征史郎の前に正座した。その顔を見れば、何かしら思い悩んでいることが察せられる。

「どうした。役目が忙しいのか」

わざと明るく問いかけた。吉太郎は重苦しい顔のまま、

「しばらく、稽古を休みたいのです」

と、頭を下げた。

「役目が大変なのか」

征史郎が聞いた。

「はい」

吉太郎は短く返すのみだ。

「ならば、非番の日だけでも通ったらどうだ」

征史郎は弥太郎を見た。弥太郎もうなずいた。

「いえ、それが、そういうわけには」

「どうしてだ」

「そんな中途半端なことはできません」

「硬く考えることはないさ」

弥太郎も、

「そうだ。無理にとは申さんが」

「いえ、それはできません」

吉太郎は両手をつくと、しばらく稽古を休ませてくれと繰り返した。征史郎は黙ってうなずいた。弥太郎が、

「分かった。役目が落ち着いたら、また来ればいい」

「では、失礼申し上げます」

吉太郎は頭を下げてから腰を上げた。

どうにも気になった。役目で大変なものを無理に稽古に来させるわけにはいかない。だが、吉太郎の人柄を思えば、それなら、もっと、明るい表情で告げたはずだ。非番の日だけでもと勧めれば、それに乗る。それが、あの暗い表情はどうにも心にひっかかる。

「御免」

征史郎は弥太郎に告げ、吉太郎を追った。道場を出て浅草新寺町通りを上野に向かう。町家の連なりが切れ、眼前に寛永寺の塔頭《たっちゅう》現竜院が薄暮に浮かんだところで、

「おい」

と、吉太郎に声をかけた。吉太郎は背中をびくんとさせ振り返った。

「飯でも食うか」

「はあ」

曖昧な返事をすると、下谷屏風坂下町通りに面した板葺屋根の一軒家に入った。大きな鍋に蓮根や蒟蒻《こんにゃく》、はんぺんを入れ煮込んでいる。煮売り屋だ。無造作に並べられた縁台で仕事帰りの職人や行商人達が丼に盛りつけた煮しめを肴にどぶろくを飲んでいた。征史郎もどぶろくと煮しめを求め縁台に座った。

「どうだ」

酒を勧めたが、

「いえ、わたしは」

無理に飲ませることもなかろうと煮しめの入った丼を向けた。吉太郎は申し訳程度に箸をつけた。

「どうした」

征史郎の問いかけに、

「道場を休む理由ですか」

「役目が大変だということだが」

「長寿庵の一件です。さっぱり下手人が分かりません」

「上役から叱責を受けたのか」

「叱責と申しますか……」

吉太郎の顔が曇った。

「ひょっとして、村岡に責められたのではないか」

吉太郎の表情が硬くなった。

「図星だな。あいつに何を言われた」

「しっかり下手人を探せ、と」

吉太郎は丼を横に置いた。

「それだけか」

征史郎は正面から見据えた。

「はい」

吉太郎は視線をそらした。

「おい、正直に言ってみろ」

「村岡さまから長寿庵の一件の失敗はわたしのせいだと責められました。そのうえで、下手人を早急に見つけ出し、自分に報せろと」

「報せてどうするんだ」

「ご自分の手柄にしたいそうです。名誉回復だと」

吉太郎がおずおずと言うと、

「なんて、卑劣な奴だ」

征史郎は猪口代わりの茶碗をあおった。

「仕方ありません、相手は与力です」

「与力だろうがなんだろうが、手柄を横取りするとは許せない。そもそも自分が功名心にはやるあまりに誤ったのではないか」

「花輪さまのおっしゃることは正論ですが、わたしも奉行所の同心です。下手人を見つけ出すまでそれに専念しなければならないのです」

吉太郎は肩を落とした。

「よし、おれも手伝ってやる」

既に探索の手を伸ばしていることは黙っていた。

「そんな、いけませんよ」

吉太郎はかぶりを振った。

「気にするな」

吉太郎の肩をぽんぽんと叩いた。吉太郎は征史郎のやさしげな目に吸い込まれるようにうなずいた。

「そうと決まったら、一日も早く下手人が見つかるようがんばるぞ」

「恩に着ます」

「道場には来られなくても素振りは欠かすなよ」

「はい、それはもう日々精進いたします」

吉太郎の顔が輝いた。

三

道場に戻ると、吉太郎と入れ替わるように吉蔵がやって来た。魚売りの格好ではなく、紺地無紋の小袖を着流し、大小を帯びている。髷も武家風に結われていた。

「なんだ、親子揃ってやって来て」

征史郎は道場の板敷に胡座をかいた。武者窓から夕陽が差し込み、征史郎の顔半分を茜色に染めた。吉蔵は怪訝そうな顔を浮かべながら、

「吉太郎の奴、どうかしましたか」

「しばらく、稽古を休みたいと言ってきた」

「ほう、そんなことを」

吉蔵は父親の顔を覗かせた。

「長寿庵の一件、まだ、下手人が挙げられないのかと村岡とか申す与力から相当しぼられたらしいぞ」

「村岡さまから……。しかし、村岡さまはあの一件からは外されたんですけどね」

「だが、村岡は諦めてはおらんようだ。吉太郎に下手人探索を行わせ自分の手柄とするつもりらしい」

しばらく、吉蔵は口を閉ざしていたが、

「あの方らしいや」

と、薄く笑った。

「相当に絞られたんだろうな。おれも、見かねて下手人探索を手伝うことを請け負ってしまった」

「若も人が好いからな」

吉蔵は言ったが、満更でもなさそうだ。

「ところで、なんだ」

吉蔵は我に返り、

「その長寿庵のことで、ちょっとした噂を仕入れてきたんですよ」

「ほう、手回しがいいな」

「長寿庵の主人善五郎と女房のお百合《ゆり》なんですがね、夫婦仲がよろしくないそうで」

吉蔵は長寿庵を訪れた時、厠を借りに裏庭に行った際、善五郎とお百合と思《おぼ》しき女が激しく言い争っていたことを思い出し、聞き込みをしてきたという。

「女房はお百合って女で、妙に色っぽかったんです。かたぎには見えませんでした。素性を確かめたところ、元は辰巳《たつみ》芸者だったそうです。善五郎が惚れ込んで女房にしたのが三年前、ところが、芸者の時も相当に贔屓筋が多かったようで派手に遊んでいたようです。善五郎の女房になってからも、最初の半年こそ遊びを慎んで女房らしいことをしていたそうなんですが」

善五郎が芝居見物に連れて行ったのがいけなかったという。それがきっかけとなりお百合の遊び心に火がついてしまった。初めのうちこそ、善五郎や奉公人達の手前、大っぴらに遊ぶことはなかったが、それも喉元過ぎればなんとやら、今では堂々と芝居見物、昼間から料理屋で騒ぎ、陰間《かげま》を呼びと派手な暮らしをしているという。

「ふ〜ん、女は怖いな」

「女は見てくれで選んだらひでえ目に遭うってことですよ」

「まったくだ。しかし、よく善五郎に女房に散財させるほどの金があるな。こう言ってはなんだが、蕎麦屋がそんなに金が貯められるとは思えんが」

「そう思っていろいろと調べてみたんですよ」

吉蔵はそこで言葉を区切った。

「そうしましたら、これが意外なことに」

長寿庵は善五郎の父親が始めたのだという。信州の更科出身の父親は故郷の田畑《でんぱた》を売り払い江戸に出て来て金貸しを始めた。生来の度胸と腕っ節で財を築いた。すると、深川永代寺門前町の長屋を買い取った。それから、故郷が懐かしくなり、更級の蕎麦の原材料と蕎麦打ちの職人を呼び寄せ、半ば道楽のつもりで始めたのが長寿庵だという。

「それが、思いもかけず評判を呼び、今では深川では知られた蕎麦屋、大奥のお女中方も永代寺に参詣の帰りには立ち寄られるほどの評判となり、近藤さまも奥女中方を通じて評判を聞きつけ通われるようになったとのことでございますよ」

「すると、善五郎は親父の築いた財、長屋を譲り受けているわけだな」

「そうなんです。そればかりか、金貸しの仕事も営んでおります」

「金貸しまでやっているのか。それで、辰巳芸者を身請けすることもできたってことだな」

「そういうことです」

「人は見かけによらないとは言うが、あの優男然とした善五郎が貸した金を取立てるなんてことができるのか。長寿庵にはそんなことのできそうな連中、見かけないが」

征史郎はいぶかしんだ。

「善五郎はもっぱら、貸すだけで、取立ては一切やりません。それをやるのは、深川の賭場を仕切る博徒、房州の網蔵《あみぞう》なんですよ」

「やくざ者とつるんでいるのか」

「親父の代からそうですよ」

「房州の網蔵……。なるほどな」

「それで、気になることが。最近、お百合は網蔵といい仲なんだそうです」

「ふん、しょうがない女だな。そのこと、善五郎は知っているのか」

吉蔵はうなずいた。

「あの蕎麦屋にそんな話があるとはな」

「で、若。話はこれからなんで」

吉蔵は改まった顔をした。

「なんだ、今までのは前置きか」

「前置きといいますか、これを話しておかないことにはこれからの話、分かりませんからね」

「ま、いいだろう」

「あの、蕎麦大食い大会の日、珍しくお百合が台所を手伝っていたというのですよ」

吉蔵は思わせぶりな顔をした。

「珍しいこともあるもんだというよりも、これは何かあるなと勘ぐりたくもなるな」

征史郎は腕を組んだ。

「そうでしょう」

「亭主に、何か魂胆あって、ねだろうとしたのか」

言ってから、それはねえかと打ち消した。

「しかも、つゆの釜の側にいて、かいがいしく女中達に声をかけていたっていうんですからね」

「毒を盛ったのはお百合ってことか」

「そう考えられませんかね」

「とすれば、一体なんのために」

「それは、まだ、なんとも」

吉蔵は言葉を詰まらせた。

「そのことを探る必要があるな。網蔵が関係しているのかもしれん」

「網蔵としましても、その目的が分かりません」

「網蔵には近藤さまや、おれ、為五郎を殺す理由がない。狙いはなんだ？　ひょっとして、大食い大会で毒殺という不祥事を起こし、長寿庵を潰す、ということなら。いや待てよ、違うな」

「違いますね。そんなことをして、長寿庵に潰れられたら、仕事が廻ってこなくなります。そのあたりのこと、もっと、じっくり調べてみますよ」

「いや、この先のことは吉太郎に任せたらどうだ」

吉蔵は迷う風に目を揺らしたが、

「そうですね」

と、にっこり微笑んだ。すると、

「あら、まだ、いらしたの」

早苗がやって来た。

「ええ、ちょっと」

曖昧に口を濁すと、

「丁度良かった、夕餉の仕度が調いました。ご一緒にどうです」

早苗は満面に笑みをたたえた。

四

「いや、それは」

遠慮の体《てい》を取ったが、

「兄上は出稽古で遅くなるそうなのです」

早苗が言ったものだから、

「では、お言葉に甘えますか」

征史郎は腰を浮かせた。早苗は吉蔵にも勧めた。吉蔵は征史郎を見た。

「一緒に食べよう」

征史郎と吉蔵は早苗に伴われ母屋に向かった。

庭に面した居間に食膳が調えられた。夕闇が庭を包み込み、ようやく風は涼やかに和らいだ。食膳には吉蔵が土産にした飛び魚が寒露煮《かんろに》となって料理されていた。ほかに谷中生姜のぬか漬け、蓮根と牛蒡《ごぼう》の煮しめ、田螺《たにし》、茄子の浅漬けが載っている。もちろん、銚子も添えられていた。征史郎と吉蔵は向かい合わせに座り、その間に早苗が座して銚子を吉蔵に向けた。吉蔵は恐縮するように杯を差し出し、

「いつも、倅がお世話になっております」

と、かしこまった顔をした。

「吉太郎さまはとても熱心ですわ。ねえ、征史郎さま」

早苗に染み透るような笑顔を向けられ征史郎の鼻の下が自然と伸びた。

「そう、あれは筋がいい」

「そうですかね、どうも、わたしに似て剣のほうはからっきしで」

吉蔵は面を伏せた。

「いや、熱心に精進すれば立派な剣士となるさ」

飛び魚の甘露煮に箸をつけた。醤油とみりんがほどよく舌に広がり、いやがうえにも酒が進みそうだ。

「だといいんですが」

吉蔵は背を丸め杯を重ねた。

「征史郎さま、明日からまた、一段と熱心にご指導なさるのね」

「それが」

征史郎は杯を膳に置いた。

「どうしたのです」

「それが、役目の関係でしばらく来られないのだそうですよ」

「まあ、それは残念ですね」

「吉太郎のことだ、道場には来られなくても家で熱心に素振りをするさ」

征史郎は陽気に言い放った。

「そうですよね」

早苗は笑みを吉蔵に向け、同心の仕事は大変なのでしょうと言い添えた。

「早くに、女房を亡くしたもので、男手で倅を育てたんですが、なにせ、留守がちでろくな躾《しつけ》もできませんでした」

吉蔵はしんみりとした。完全に父親の顔になっていた。

「こんなことを申してはなんですが、日に日に逞しくなられますよ」

早苗は征史郎に賛同を求めた。征史郎も力強く首を縦に振った。

「そうですか」

吉蔵の顔から笑みがこぼれた。

「そうだ、たまには誉めてやれ」

征史郎も言い添えた。

「いや、まだまだですよ」

吉蔵は言葉とは裏腹に満更でもなさそうである。代わりに、

「それにしても、うまい」

料理の賞賛をした。

征史郎は飯を平らげ、ほろ酔い加減となった。

「ご馳走になりました」

夜の帳《とばり》が下りた。庭を蛍の光が彩《いろど》っていた。降るような星空である。

「まあ、きれい」

縁側に出て早苗が空を見上げた。

「明日も晴れるでしょうな」

征史郎は肌に涼やかな夜風を感じた。

「本当にご馳走になりました」

吉蔵は頭を下げた。

「吉太郎さまによろしくお伝えください」

早苗も丁寧に挨拶をした。

征史郎と吉蔵は道場を出た。出たところで吉蔵が、

「若、どうなっているんです」

と、にやりとした。

「何がだ」

「早苗さんですよ」

「別にどうもない」

征史郎は足早に歩きだした。

「あれだけの器量良しだ。ぼんやりしていると、鳶に油揚げをさらわれますよ」

吉蔵は追いかけて来た。

「余計なお世話だ」

「まったく、そっちのほうはからっきしだめなんだから」

「だから、余計なお世話だと申したであろうが」

征史郎は、「じゃあな」とそのまま歩き去った。

「早いとこ、なんとかしないといけませんよ」

吉蔵の声が背中で聞こえた。

五

その晩、吉蔵はほろ酔い加減のまま八丁堀の組屋敷に戻った。同心の組屋敷はおしなべて敷地百坪ほどである。生垣が巡り、木戸門がある。木戸門を潜り、狭い庭を横切って母屋に向かった。すると庭先から、

「とりゃ」

と、いう気合いと風を切る音が聞こえた。欅の木陰に潜んでみると、吉太郎が着物を諸肌脱ぎにして素振りをしている。額には玉のような汗を滲ませ、背中も汗に濡れていた。筋骨が逞しくなったようだ。

吉太郎は木刀を止め吉蔵に目を向けてきた。

「遅いですね」

吉太郎は素振りの現場を見られたことが恥ずかしいのか、誤魔化すようにぶっきら

ぼうな物言いである。

「熱心にやっておるではないか」

吉蔵はうれしそうに声をかけると、

「いや、まだまだですよ」

吉太郎は井戸端に向かった。吉蔵はついて行き、

「出過ぎた真似とは思ったが、長寿庵の一件、聞き込みをして来たんだ」

と、長寿庵のことを語りだした。吉太郎は驚きの表情となり、

「父上、そのような勝手な真似をなさるとは……隠居されたのではないのですか」

「まあ、そうなのだが」

曖昧に口ごもってしまった。

「何故そのようなことを」

吉太郎に詰め寄られ、

「それは、おまえが、探索に苦しんでいるようだったからな」

征史郎と一緒に行っている目安番の仕事だとは言えない。

「不甲斐ない息子だと思われているのでしょう」

吉太郎は憤慨した。

「そんなことはない」

「いや、そうですよ。わたしのことをいつまでも子供扱いしているのだ。剣術といい、御用といい、いつまでも半人前だとしか思われていないのでしょう」

吉太郎は顔を歪め母屋に向かった。

「待て」

吉蔵は追いすがり、着物の袖を摑んだ。

「放してください」

邪険に振り払われた。

「出過ぎた真似をしたことは謝る」

「もう、ほうっておいていただきたい」

吉太郎はわめいた。

「悪かった。話を聞いてくれ」

だが、吉太郎は吉蔵の願いも虚しく母屋に消えた。吉蔵はしばらく庭にたたずんだ。星空を見上げた。夏の盛りだというのに夜風が妙に肌寒く感じられる。自分は余計なことをしてしまったのか。吉太郎が言うことももっともだ。確かに、いつまでも子供扱いをしている。

幼い頃に十分に世話をしてやれなかったという負い目がそうさせているのだ。

酔いはすっかり醒《さ》めてしまった。井戸端に行き、釣瓶《つるべ》で水を汲んだ。喉を潤す。ふと、征史郎から聞いた村岡のことが思い出された。吉太郎は村岡に責められ、役目に対し重みを感じているのだろう。

きっと、己が手で役目を果たさねばという強い気持ちを抱いているに違いない。役目の重みと吉蔵による子供扱いが吉太郎の心を傷つけてしまったのだ。今更ながらに後悔の念が胸をついた。

どうすればいいのだ。

途方に暮れたところで、背後から吉太郎が近づいて来た。

「父上」

吉太郎の声にはやさしさが感じられた。振り返ると、

「つい、言い過ぎました」

吉太郎はぺこりと頭を下げた。

「いや、わしもいけなかった」

吉蔵は目頭が熱くなった。涙がこぼれそうになり、あわてて水桶に両手を突っ込み、顔を洗った。吉太郎は背後に立ち、

「実は村岡さまから叱責を受けました。それで、いささか、苛立っており、父上に当たってしまったのです」

吉太郎の語ったことは征史郎から聞かされた内容と変わりがなかった。吉蔵は黙って聞いていた。

「申し訳ございません」

「気にするな」

「お気づかい痛み入ります。父上が申されたことを頭に入れて明日から探索をしたいと存じます」

「うむ、しっかりな」

「それにしましても、父上はさすがにございますな。探索の腕、少しも鈍っておりません」

吉太郎は無邪気に感心した。

「大したことはないさ」

「謙遜なさらずとも」

「それより、気をつけてな」

「それは、悪党どもに対してですか、それとも村岡さまに対してですか」

「両方だ」

「分かりました。父上も無茶はやめてくださいね」

「年寄りの冷や水か」

吉蔵は頬を緩めた。

「父上が安心して隠居暮らしができるよう早く一人前になります」

「うむ」

吉太郎は母屋に歩いて行った。

「しっかり、やれ」

水桶の面が吉蔵の涙で小さく揺れた。

第八章　潜入

一

吉太郎は吉蔵と分かり合えたことで気分良く出仕できた。

同心詰所を出て早速、長寿庵探索に向かおうとしたが、

「河瀬」

と、いう声に呼び止められた。一瞬にして気分が塞《ふさ》いだ。まごうことなき村岡の声である。不快感がこみ上げてもそれを顔に出すわけにはいかず、極力真摯な目を作り、

「はい、なんでございましょう」

と、腰をかがめた。

「決まっておろうが、長寿庵の一件、どうなっておるのだ」

村岡は高圧的な態度である。

吉蔵がもたらしてくれた情報を話そうか、迷っていると、

「何も摑んでおらんのか。この、役立たずが。いつまでも、半人前な奴め」

この言葉にはさすがに屈辱を感じた。

「ようやく、手がかりが摑めました」

むきになってしまった。

「ほう、どのような」

村岡は、それを横取りするつもりだろう。

「それが、まだ、しかとは分かりませんので。もう少し、明らかになってからご報告申し上げます」

村岡の顔が意地悪く歪んだ。

「どうせ、手がかりなど摑んではおらんのだろう」

その目は蛇のような執拗さをたたえている。

「そんなことはございません」

つい言葉を荒げてしまった。

「ならば、申してみよ」

村岡に詰め寄られ、

「それは……」

と、善五郎の女房お百合が博徒網蔵と浮気をしていること、大食い大会の時、台所にいたことを語った。村岡は、

「なるほど、それは怪しいな」

と、舌なめずりせんばかりの顔になった。ここで、手柄を横取りされては元も子もなくなる。

「では、早速に、探索に行ってまいります」

歩きだそうとした。すると、

「待て」

村岡に羽織の袖を引かれた。吉蔵と違って振り解くわけにはいかない。やむをえず、立ち止まると、

「なんでございましょう」

と、心持ちきつい目をした。村岡は全く意に介さず、

「いっそ、番屋に引っ張ったらどうだ」

と、にんまりとした。

「いきなりですか」

「そうだ、こういうのは早いほうがいい」

村岡は久蔵での失敗を少しも懲りていない。

「ですが、なんの証もないままそのようなことは」

吉太郎が抵抗を示すと、村岡は嵩《かさ》にかかって責めてくると思いきや、

「そうか、慎重にやったほうがいいか」

と、ひとりごちた。村岡といえど、久蔵の失敗が思い出されたようだ。

「では、わたしがまずは、探りを入れます」

吉太郎は足早に歩きだした。


半時後、吉太郎は長寿庵にいた。

蕎麦を頼んだ。お紺は元気に働いていた。

「ご苦労さまです」

お紺は愛想良く、蕎麦を運んで来た。

「達者なようだな」

「はい、旦那さまにこれまで通りに働かせていただいております」

「それは、よかった」

吉太郎は蕎麦をすすり上げた。

「ところで、ここの女将《おかみ》さん、あまり見かけないな」

何気ない顔で聞いた。

「ええ、あまり、お店には顔は出されません」

「夫婦仲がよくないのかな」

「そんなことはないと思いますが」

お紺は困ったような顔になった。

「でも、大食い大会の時には台所で働いていたではないか」

吉太郎は思い出したように言った。

「そうでしたね」

お紺は曖昧に言葉を濁すと奥に引っ込んだ。善五郎がやって来た。

「これは、河瀬さま、その節はお世話になりました」

善五郎は腰を折った。

「下手人がいまだ見つからず困惑しておるのだ」

吉太郎は眉根を寄せた。

「まったく、恐ろしいことでございます」

「何か思い当たることはないのか」

「下手人は近藤さまではなく、長寿庵を狙ったのでございましょうか」

「その可能性はある」

「恐ろしいことです」

善五郎の顔が歪んだ。

「人から恨まれる覚えはないか」

「わたしは、ただの蕎麦屋でございます。とても、人から恨まれることなど思いもよりません」

善五郎は大きくかぶりを振った。吉太郎は身を乗り出し、

「金を貸した相手にもか」

善五郎の目が泳いだ。奥から善五郎を呼ぶ声がした。これ幸いと、善五郎は背を向けた。

「勘定、ここに置くぞ」

吉太郎は一旦、長寿庵を出た。

強い日差しと油蟬の鳴き声に迎えられた。

二

長寿庵の裏手に廻った。裏の路地にある柳の木陰に身を入れ様子を窺った。すると、運よくお百合が出て来るではないか。白地に朝顔を描いた派手な単衣に身を包み、白粉を塗りたくり濃い紅を注している。何気ない調子で気さくに声をかける。

「お百合、達者そうだな」

お百合は一瞬、困惑の表情で立ち尽くしたが、吉太郎の格好を見て八丁堀同心と認め、さらには吉太郎の顔を思い出したのだろう。微笑みを浮かべ、

「これは……」

おそらく吉太郎の名前が出てこないに違いない。

「南町の河瀬だ」

吉太郎はいたって親しげに話しかけた。名前を忘れたばつの悪さを隠すためかお百合は愛想良く、

「そうでした。河瀬の旦那でしたね。あの一件では大変にお世話になりました」

「ああ、とんだ騒ぎになったものだ。だが、店のほうは相変わらずの繁盛ぶりではな

いか」

「みなさまのおかげでございます」

「ちょいと聞きたいことがあるんだが」

吉太郎が言うとお百合は困ったように眉間を寄せ、

「なんでございましょう、先を急ぐのですが」

「なに、手間は取らせない。ここじゃあ日差しが強すぎる。その先に茶店があるからそこで話そう」

お百合の返事を待たず、すたすたと歩きだした。お百合は仕方なくついて来る。茶店に入り、茶と草団子を頼み縁台に腰を下ろした。葦簾《よしず》に遮られているが日差しは容赦なく漏れてくる。お百合は暑そうにふっとため息を漏らしながら吉太郎の横に座った。お百合の濃厚な化粧の香りが鼻をついた。うなじの白粉が汗で滲んでいる。見ているだけで気分が悪くなりそうだ。あわてて目をそむけると、

「お話とおっしゃいますと」

お百合はいかにも早くすませたいようだ。

「おまえ、毒殺があった日、台所におったな」

吉太郎は茶をお百合に手渡した。お百合は恐縮の体《てい》を取り受け取った。

「ええ、これでも、長寿庵の女将ですからね」

「それは、そうだが、日頃はめったに店にも台所にも出ぬそうではないか」

「ですが、あの日は大食い大会の日でございましたので」

「これまでにもたびたび大会は催しているのに、出てくることはなかった、それが、あの日にかぎって出てきたのはどういうことかな」

吉蔵もそこまで調べてはいない。だが、吉太郎はかまをかけてみた。お百合ははっとしたように言葉を飲んでから、

「それは、その、長寿庵の女将として、それではいけないと思ったからでございます」

「自分が女将ということを自覚したということか」

「はい」

お百合は目を伏せた。

「けちをつけるわけではないが、それにしては、あの日以外はあれから、店にも台所にも出ることはないと聞いておるがな」

またも出任せである。お百合は茶を縁台に置いた。受け取ってから一口も口をつけていない。

「怖くなったのでございます」

　お百合はしおらしい顔をした。

「毒殺があったから、怖くなったというのか」

「はい、なんだか、台所に足を踏み入れることが怖くて、いつも近くへ行くのですが、足がすくんでしまいます。中に入ることができないのでございます。そればかりではございません。蕎麦を見ただけで、つゆの匂いをかいだだけで、気分が悪くなるようになりました。戻すようになってしまったのでございます」

　お百合はそれから医者にかかったのだという。

「医者はなんと申した」

「気の病だと」

　つゆに毒が盛られるという衝撃的なできごとが眼前で起きたため、それが頭の深くに残り、神経を犯されたのだろうという診立てだった。

「大変だな。今も続くのか」

　吉太郎の問いかけを肯定するようにお百合はうなずいた。

「それは、養生せねばならんが、外出を重ねているというのはどういうことなのかな」

「それは」

お百合は言葉を探すように視線を泳がせた。

「気晴らしか」

吉太郎の言葉を助け舟を出されたように受け取ったのか、お百合の顔が輝いた。

「お医者さまから家の中に籠っていないでたまには気晴らしに外に出たほうがいいと勧められたのでございます」

「それで、今日は芝居、明日は舟遊びと、博徒の網蔵とつるんでいるのか」

吉太郎は目つきを厳しくした。

「そんな」

お百合は首を横に振った。

「網蔵と親しいそうではないか」

吉太郎は遠慮せず畳み込む。

「いえ、それは……」

お百合は顔をしかめた。きっと、言い訳でも探しているのだろう。気持ちを落ち着けるように茶を口に含むと、

「それは、網蔵親分にはお世話になっているのでございます。河瀬の旦那、うちの主

人が金貸しをしていること、ご存知でしょう」

「ああ、知っている」

「網蔵親分にその仕事を手伝ってもらっているんですよ」

「それで」

吉太郎はごまかしは許さぬとでも言うように厳しい顔のままである。

「主人はお店がありますので、金貸しの仕事の繋ぎをわたしがしているんです。ですから、なんらやましいことなんかありません」

お百合は言った。

「ほう、そうなのか」

「間違いございません」

「しかと、相違ないか」

「旦那、信じてください」

お百合は誘惑するような目を向けてきた。それを振り払うように、

「おまえがつゆの釜の辺りをうろうろしていたのを見た者がおるのだがな」

お百合ははっとしたように顔を背け、

「誰がそのようなこと、まさか、わたしが、毒を盛ったと、一体誰がそのような怖ろ

しいことを」

目に涙を滲ませた。

「そのようなことはないと思うがな」

吉太郎はそれだけ言うと縁台から腰を上げた。

「そんなこと、悲しゅうございます」

お百合は袖で涙を拭った。空涙にしては迫真の演技だった。

三

奉行所に戻ると村岡が待ち構えていた。村岡は奉行所の隅に吉太郎を呼び寄せ、

「どうじゃった、首尾は」

と、囁いた。蛇に睨まれた蛙のように、

「お百合に話を聞きました」

「お百合にだと」

村岡の顔は険しくなった。

「はい」

吉太郎は首をすくませせる。

「馬鹿者、ろくに探索もせず、直接怪しい者に話を聞く奴があるか」

「はあ、申し訳ございません」

吉太郎はどじを踏んだように頭を下げた。

「まったく、役に立たぬ男よ」

村岡は鼻で笑った。

「このうえはもっと、念入りに探索をします」

「どのようにするつもりだ」

「徹底した奉公人達への聞き込みを行います」

「これまでにも、聞き込みはさんざん行ってきたではないか」

村岡は鼻白んだ。

「おおせの通りですが」

ほかに妙案は浮かばない。村岡なら、それを打開する策があるのだろうか。この意地の悪い上役に教えを請うのは気が進まないが、きっと、村岡自身もどうしていいのか分からないに違いない。すると、ぎゃふんと言わせたくなる。

「畏れながら、村岡さまならどうなさいますか」

村岡は予想外の反撃に口を閉じたが、

「教えて欲しいか」

と、にんまりとした。吉太郎が首を縦に振ると、

「隠密探索よ。おまえの親父のようにな」

「隠密ですか」

吉太郎自身、それしかないのかという考えを抱いていた。

「そうだ。お百合の身辺を隠密に徹底して探索するのだ。網蔵との繋がりも徹底して洗い直せ」

村岡は厳しい顔になった。

「しかし」

具体的な動き方が分からない。

「できぬか」

村岡は声に嘲りを滲ませた。

「いえ、そのようなことは」

「おまえには無理か」

村岡は鼻で笑った。すると、ここで承諾しないのは逃げと思われた。

「やります」

「できるか」

「必ず、やり遂げます」

吉太郎は断固とした調子で言った。

「分かった。では、しばらく、お百合探索に専念せよ。但し、わしには密なる連絡をするのだぞ」

村岡はそれだけ言い残すと足早に立ち去った。

「さて、と」

吉太郎は重い息を吐いた。

その晩、吉太郎は母屋の居間で吉蔵に、

「隠密での探索を行いたいのですが」

と、聞いた。吉蔵はおやっという顔になり、

「どうした、急に」

「長寿庵の一件、探索が思うように進みません。このうえは隠密に探索を行おうと思います」

「やめておけ」

吉蔵はかぶりを振った。

「そういうわけにはまいりません」

「隠密廻りに依頼すればよいではないか」

「わたしの手で手がかりを摑みたいのです」

「やったこともない者にできるほど、やさしくはないぞ」

「分かっています」

「分かっているのなら、やめるんだな。第一、定町廻りが隠密廻りの領分を侵すことになる」

吉蔵は諭《さと》すような言い方をした。

「ですが、どうしても」

吉太郎は唇を嚙み締めた。

「だめだ、奉行所の秩序を乱すことになる」

吉蔵は眉間に皺を刻んだ。

「しかし。どうしても行いたいのです」

吉太郎は袴を握り締めた。

「やめておけ」

吉蔵はいたたまれなくなったのか腰を上げた。

「父上はいつまでわたしを子供扱いするのですか」

吉太郎は追いすがった。

「なんだと」

「そうではありませんか」

「…………」

「結局、父上はわたしには無理だと決めてかかっておられるのです」

「そんなことはない。奉行所の秩序を申しておる」

「いいえ」

吉太郎は悔しげに唇を噛み締めた。吉蔵はいたわるように、

「よし、わしに任せろ」

「父上がまたも隠密の探索を行うとおっしゃるのですか」

「わしに任せておけ」

「隠居した者が探索を行うなど、それこそ、奉行所の秩序を乱すものではないですか」

吉太郎は声を裏返らせた。

「とにかく、やめておけ、慣れぬことはせぬがよい。いいな」

吉蔵は言い放つと居間を出た。

「おのれ」

吉太郎は呆然と立ち尽くした。

四

翌朝、吉蔵は昨晩の吉太郎の言動が気になって目が覚めた。どうにも後味が悪い。自分の説得に耳を傾けようとしなかった。それどころか、反発心を高めただけだ。きっと、村岡に相当に責められたに違いない。

そうだ。やはり、自分が探索をしてやろう。しかし、その探索の成果を吉太郎がそのまま受け入れるだろうか。しかし、何もしないではいられない。寝床から抜け出し、蒲団を畳んだ。まだ、明け六つである。箪笥を開いた。すると、

「吉太郎の奴」

箪笥から魚屋の衣装がなくなっていた。

「吉太郎」

部屋を出て吉太郎の寝間の前に立った。しかし、返事はない。

「おい」

襖を開けると、蒲団は片隅に片付けられ、枕屏風に隠されていた。畳に一通の書付があった。

「衣装を拝借します、か」

吉蔵は顔を歪ませた。そのまま縁側に出ると、それを待ち受けていたように蝉が鳴き始めた。

「吉太郎、抜かるな」

言ったものの不安が胸を去らなかった。


それから、半時を経て吉蔵は征史郎の屋敷にやって来た。だが、いつもの魚売りの格好ではなく縞柄の半纏に腹掛け、手拭で頬かぶりをし、竹で編んだ籠《かご》を担ぐという紙くず屋のなりをしている、そのため、お房は初めのうちは気づかなかったが、

「あれ、あんた」

素っ頓狂な声を上げ近づいて来た。吉蔵は籠を下ろし、

「なんか、引き取る物ありますか」

と、声を放った。お房は、

「あんた、商売替えかい」

「ええ、その」

吉蔵が曖昧に頭をかいていると、

「あんたの持って来る魚、楽しみにしていたのに」

お房は残念がったが、

「いえ、同じ長屋の屑屋が寝込んでしまいましたんでね、ちょっと手伝っているだけですよ」

「そうなの。よかった。でも、あんたも人が好いね。他人の世話を焼くより自分の商いを一生懸命やったほうがいいよ」

お房は笑顔を残し、そのまま家に入った。征史郎が、

「どうしたんだ」

と、家の中に招き入れた。

「いえ、それがですね」

吉蔵はばつが悪そうな顔で、吉太郎が隠密の探索を行うため、屋敷から出て行った

ことを語った。

「それで、心配になったってわけだ」

「まあ、しょうがない奴でして」

「好きにさせたらいいだろう」

「若はそう思いますか」

「吉太郎のことだ。やり遂げてみせるよ」

征史郎は吉蔵の肩をぽんと叩いた。

「それにしても、おれも手助けすると請け負ったんだ。何か動かないとな」

征史郎は腕組みをした。

「ですが、わたしがこれ以上手助けすることには、あいつは納得しません」

「いつまでも子供扱いをされたくないのだろう」

「そういうことです」

「ならば、おれに任せておけ」

「若はいささか、目立ちすぎますよ」

「隠密の探索には向かないか」

征史郎は愉快そうに笑った。

「まず、無理でしょうね」

「なら、力で助けるか」

「と、おっしゃいますと」

「博徒の房州の網蔵さ。網蔵が関係しているかもしれないのだろ」

「そうなんです」

「この間、おれ達を襲撃してきた浪人、やくざ者、網蔵の手の者かもしれんぞ」

「考えられますね」

「これまで、近藤さまの線、為五郎の線を探ってきたが、さっぱり手がかりは摑めなかった」

「しかし、お百合と網蔵がどうして毒なんかを」

「それだよ、おれも、それが分からない。毒を盛って、お百合や網蔵になんの得があるというのか」

「やはり、長寿庵の評判を貶《おと》めようとしたのでは」

「長寿庵がつぶれてはなんにもならないじゃないか」

「そうですよね」

「善五郎を殺すことを目的としたのなら、分かるんだがな。亭主が死んでお百合が財産をそっくりもらう、そのうえでお百合と一緒になる」

征史郎は顎を掻きながら思案をした。

「それなら、つゆに毒なんか入れませんよね」

「そうだよな」

「じゃあ、なんのために……」

「結局、そこへ戻るな」

「こら、やはり、わたしが探索してみますよ」

「吉太郎に任せたほうが、いいのじゃないか」

「はあ」

吉蔵は煮えきらない顔だ。

「それにしも、村岡という男、そうとうに陰湿な男だな。ねちねちと吉太郎を攻め立てているのだろう」

「まったくです」

吉蔵の顔が歪んだ。

「ここが、試練のしどころかもしれんぞ」

吉蔵の気持ちを慮って明るく言った。

「そうですね、これくらいのこと、乗り越えられないようでは一人前の同心になれませんや」

吉蔵は言いながらも心配が去らないのか顔を曇らせたままである。

「心配するな。網蔵が出てきたら、おれが加勢してやる」

吉蔵は頭を下げ出て行った。

五

吉太郎は棒手振りの魚売りの格好をし、深川長寿庵の近くにやって来た。途中、魚を売ってくれと求められた。盤台には大ぶりの鯛が一尾入っているが、これは売ることができない。探索で使う道具だ。呼び止められるごとに、「すまない。売り切れだ」と詫びた。大抵はそれで諦めてくれたが、中には、「おめえ、見かけない顔だな」などと、からんでくる者もあった。そのたびに、吉太郎は曖昧に言葉を濁し、そそくさと立ち去った。

こうして、昼過ぎ天秤棒を担ぎながら長寿庵の近くをうろうろとした。

お百合に見つかるのではないかと冷や冷やしながら裏木戸が見える辺りからそれと

なく見張った。すると、昼八つになった頃、お百合が裏木戸を潜って来た。これから網蔵の家に行くのだろう。

そう思うと胸が高鳴った。

お百合のほうは吉太郎のことは気づかない。全くの普段通りの様子で周囲に愛想笑いを振り撒きながら門前町を歩いて行く。吉太郎は天秤棒を担いだ。ゆっくりと気取られないようにあとをつける。一定の距離を保ち進む。

お百合は門前町を永代寺に向かって進んで行く。白地に朝顔を描いた派手な小袖に紅色の帯といった目につきやすい着物を着てくれているおかげで、人混みに紛れても見失うことはない。

お百合が永代寺の山門に至ったところで、

「おう、魚屋」

と、威勢のいい声に引き止められた。

「へい」

お百合に気取られないようにうつむく。声をかけてきたのは、大工風の男だった。

「そんな、威勢のない返事じゃ、魚が腐っちまうじゃねえか」

大工は盤台に向かって来た。

「それが、魚は売り切れてしまったんですよ」

おっかなびっくりの調子で返すと、

「だめだな」

大工は鼻白んだ。お百合が山門を潜った。

「すんません、明日は持って来ますんで」

吉太郎はそそくさと天秤棒を担いだ。

「馬鹿野郎、魚屋ってのはな……」

大工に説教されかかったが、

「すんません」

吉太郎は振り切るようにして駆けだした。背中で罵声を浴びせられた。そんなことに気を使っている場合ではない。お百合を見失ってはだめである。急いで、山門を潜ると、お百合は境内を歩いていた。ほっと、一安心した。松の木陰で一休みをした。額に汗が滴る。

お百合は本殿で参拝をすると、ゆっくりと裏門に向かった。吉太郎も天秤棒を担ぐ。裏門を出ると、十五間川の川端に至った。川面がまぶしく輝きを放ち、荷船が行き交っている。お百合は柳の木陰に入りながら、山本町の町並みに入った。ここは、岡場所である。そして、房州の網蔵の家があるのもここだ。

お百合はゆっくりと歩き、やがて大きな料理茶屋の裏手に入った。いわゆる飯盛り女と称する女郎を置き、客を取らせている。房州の網蔵が営む岡場所だ。お百合は裏木戸から中に入った。

店はあわただしい様相を呈している。

裏木戸付近をうろうろとしていると、

「おい」

背後から声をかけられた。振り返ると目つきの悪い連中がいる。

「ここ、房州の親分さんのお店ですよね」

吉太郎は精一杯の愛想笑いを浮かべた。

「だったら、なんだ」

やくざ者に凄まれた。

「房州の親分さんは安房のご出身と聞きましたので、あっしも安房の漁師の倅なんですよ。それで、お出入りができねえかと思いましたもんで」

「馬鹿、いくら同郷だってな魚屋は出入りが決まっているんだ。おめえのような棒手振りなんかじゃねえ。魚河岸の問屋だよ」

やくざ者は洟《はな》もひっかけないといった態度である。

「そこを、なんとかなりやせんか」

「帰れ」

「これだけでも、見てくださいよ」

吉太郎は用意してきた鯛を見せた。やくざ者の目が好奇の色になった。

「なかなか見事な鯛じゃねえか」

「これ、ご挨拶代わりです」

吉太郎は微笑んだ。

「でもな、出入りは難しいぜ」

「なに、かまやしませんよ。ほんのご挨拶なんですから」

「せっかく、持って来たのをすげなくするのも勿体《もったい》ないな」

「なら、お勝手に持って行かせてください」

「ああ、そんなら」

やくざ者に先導された。裏庭から店の勝手口に入った。板前や女中達が料理の準備をしていた。板前が鯛を見るなり、

「これは、いい鯛だ」

と、目を細めた。

「でしょう」

吉太郎は得意げに胸を反らした。

「なら、このこと、親分によく言っておくぜ」

やくざ者は恩着せがましく言い、大股で立ち去った。

第九章　対　決

一

吉太郎は店に留まるべく様子を窺った。店はかきいれ時を迎え、喧騒に包まれていた。それを幸いに、庭の躑躅《つつじ》に潜む。雲の峰が茜に染まり始め、油蟬に代わって蜩が鳴きだした。百日紅の花が夕風に揺れている。お百合が姿を見せた。渡り廊下で繋がれた離れ座敷に入って行く。次々と食膳が運び込まれる。吉太郎は高鳴る胸を抑えながらじっと様子を窺った。

人の動きが慌しくなった、と思うと房州の網蔵がやって来た。そのまま離れ座敷に入って行く。風を入れるため、障子は開け放たれた。吉太郎は辺りを見回した。探るなら今だ。と、離れの縁の下に潜り込んだ。生暖かい風が漂い、どんよりとした暑さが残っている。蜘蛛の巣を払いながら音を立てないよう耳を澄ませる。蚊に襲われたが今は耐えるしかない。

「目をつけられたよ」

お百合の声がした。

「あの同心かい」

網蔵の野太い声も聞こえる。

「そうさ」

「大したことはない」

「そんなことないよ、見くびっていると大変なことになるよ」

「大丈夫だ」

網蔵は湊にもひっかけない様子だ。侮られたものだと腹が立った。しかし、ここはじっと我慢である。お百合は焦っているのだ。ここでぼろを出すことは大いに期待できる。

「あたしはもう嘘をつき通せないよ。いっそのこと、御奉行所に出頭しようと思っているんだ」

「気弱になったもんだな」

「だって、まさか、人が死ぬなんて。しかも、死んだのは御公儀のお偉いさまだよ。公方さまの側近くにお仕えなさっていたんだよ。よりによって、そんなお方を殺してしまったなんて」

お百合のため息が聞かれた。

「黙っていりゃ、分かりはしねえよ。同心だって何も掴んじゃいないんだ。それに、おまえ、獄門になりたいのか」

「言っとくけど、あれはあんたのせいなんだからね」

「おい、おれが悪いのかい」

網蔵は心持ち、拗《す》ねたような声を出した。

「だって、あんた、あれを腹下しの薬だって言ったんじゃないのさ」

一体、何のことだ。まさか、つゆに入れた毒の話をしているのか。そうに違いないとすれば、お百合は毒ではなく腹下しの薬だと思っていたことになる。お百合は腹下しの薬のつもりでつゆに入れた。

一体何のために？

網蔵のけたけたとした笑い声が聞こえた。

「あたしゃ、殺して欲しいなんて言ったことないんだよ」

「もうすんだことだ」

網蔵はそれで話を打ち切ろうとした。

これだけの会話では、話が見えない。

ならば、口を割らせればいいか。今がその好機だ。逸してはならない。高鳴る胸を抑えながら縁の下から這い出すと、そのまま渡り廊下を上がり、一気に座敷に入った。

「なんだ」

網蔵が戸惑いと怒りの入り混じった目を向けてきた。魚屋が何しに来たと言いたいのだろう。ところが、お百合のほうは、

「あ、あんた」

と、吉太郎に気づいた。

「南町の河瀬だ」

吉太郎は腰に差していた十手を取り出した。網蔵は口をあんぐりとさせた。お百合は身体をよろめかせた。

「今、おまえたちの話を聞かせてもらった」

吉太郎は網蔵の頬に十手を突きつけた。

「申し訳ございません」

お百合は観念したように両手をついた。

「よし、洗いざらい話すんだ」

　吉太郎に促され、

「あたしは、善五郎を懲《こ》らしめてやりたかったのです。それだけだったのです。あんな大事になるなんて、思ってもみなかったのです」

　お百合は善五郎の吝嗇さにほとほと呆れていたという。懲らしめてやりたいと、網蔵にぼやいた。網蔵はそんなら、と薬を持たせてくれた。腹下しの薬だという。それを蕎麦の大食い大会でつゆに入れてやれば大会は大混乱になる。おまけに、そのつゆを善五郎にも飲ませてやれば、さらに面白いことになるぞ、と持ちかけられた。お百合はいつも優男然として取り澄ましている善五郎があたふたする様子を想像し、面白がった。ほんの軽い気持ちから腹下しの薬を使おうと思った。

「あたしは、釜に腹下しの薬と思って入れてしまったのです。そうしましたら、あのような大変なことになってしまいました」

　お百合は泣き崩れた。網蔵に持たされたのは腹下しの薬などではなく、毒薬だった。網蔵はお百合を使って善五郎を毒殺しようと思い立ったのだ。

「網蔵、おまえは善五郎を殺し、お百合に長寿庵の財産を引き継がせ、そのうえで自分の女房にしようと思ったのだろう」

吉太郎は網蔵を睨みつけた。

「思惑が外れたよ。善五郎の奴、大会を主催しておきながら、つゆ一滴も口に入れなかったからな」

網蔵は開き直った。吉太郎を見下しているようだ。

「よし、それ以上の話は番屋で聞こう」

吉太郎は網蔵とお百合に向かって十手を突きつけた。お百合は素直に従おうと腰を上げた。網蔵は横を向いている。

「おい、観念しろ」

吉太郎は怒鳴りつけた。すると、廊下が騒がしくなった。

――いかん――

手下どもがやって来たかと思うと意外にも、

「河瀬、でかした」

羽織、袴の村岡が足早に歩いて来た。

「村岡さま、よく、ここが……」

戸惑いながらも頭を下げた。

「探索、うまくいったようじゃな」

村岡は鷹揚にうなずいた。

「はい、お百合がしっかり白状しました」

吉太郎はお百合を見た。お百合は頭を垂れた。村岡は鋭い視線をお百合に浴びせ、

「河瀬が申したこと、まことか」

「はい、相違ございません」

お百合は殊勝にうなだれた。

「よくぞ申した」

「村岡さま、これから、番屋に引き立てたいと存じますが」

「ふむ、その前に……」

村岡は思わせぶりに言葉を止めた。

——手柄の横取りか——

ここにやって来たのは、吉太郎から手柄を奪っていくつもりなのだろう。そういうことに関しては嗅覚の効く男なのだ。ここは、手柄を譲ったほうが、うまく事が運ぶかもしれない。すると、

「お百合」

村岡は厳しい声を放った。お百合ははっとしたように顔を上げた。

「この、悪党め」

村岡は言うや、大刀を抜き放ち、お百合の肩から斬り下げた。お百合の肩から鮮血が飛び散った。

「な、なにを」

吉太郎は村岡の峻烈な態度に呆然とした。

「悪党を成敗したのだ」

村岡は冷然と言い放った。

二

征史郎は吉蔵と共に網蔵の料理茶屋にやって来た。

「吉太郎、しっかり、探索しているじゃないか」

征史郎は吉蔵に笑みを投げたが、吉蔵は心配が去らないのか顔を曇らせたままである。

「どうした、心配か」

「でも、日本橋の魚河岸で鯛を仕入れていったとは、しっかりと知恵を働かせているということだろう」

「ええ、まあ」

「そうだといいんですが」

吉蔵は吉太郎が鯛を仕入れたことを知り、吉太郎の狙いを網蔵の料理茶屋と見当をつけた。

「ここで、お百合と網蔵の悪事の証を摑むことができればいいさ」

征史郎は言うと、網蔵の茶屋の暖簾を潜った。征史郎と吉蔵は女中に案内された。

直参旗本の若殿と用人といった風だ。征史郎は、

「さっき、長寿庵の女将が入って来るのを見かけたんだが」

何気ない調子で聞いた。女中は、

「ええ、いらしてますよ」

にこやかに応対する。

「どこにいるのかな、あとでちょっと、顔を見たいんだ」

女中は怪訝な顔になった。征史郎はばつが悪そうに頭を搔いて、

「その、なんだ、少々金子を用立ててもらおうと思ってな」

と、話を作った。女中はたちまち了解したように、

「まあ、そうでございますか」

と、思わせぶりに微笑むと、

「離れですよ」

そっと耳打ちしてくれた。

「すまん、これ」

征史郎は一朱銀を握らせた。女中は満面の笑みになった。吉蔵が、

「若、遊びも大概にしてくだされ」

いかにも用人が若殿を諭すような言い方だ。

「ま、いいじゃないか」

「今晩だけですよ」

二人のそんな会話を女中はにこにこと聞いていた。

「女将さんは、よくここへ来られるのか」

征史郎の問いかけに、

「ええ、ご贔屓にして頂いております」

「ひょっとして、網蔵とできていたりして」

征史郎は少々酔ったふりをして見せた。吉蔵は、

「厠はどっちだ」

と、腰を上げた。征史郎は女中に酌をしてやった。吉蔵は部屋を出ると、廊下を奥に進んだ。離れ座敷に向かって行く。酔客の声や太鼓、音曲の音がした。食膳を運ぶ女中や酔客とすれ違い、渡り廊下まで来た。離れ座敷から行灯の灯りが見える。開け放たれた部屋には、お百合と網蔵が座っていた。

――吉太郎――

吉太郎の姿を探した。と、吉太郎も部屋の中にいた。ここからでは声が聞かれないが、二人を相手に何事か話している。すると、

「村岡さま」

思わず声を上げそうになった。村岡が廊下を歩いて来る。吉蔵は柱の陰に身を隠した。村岡は幇間や女中達から挨拶を受け、気さくな様子でそれに応えながら渡り廊下に向かって行く。

「用意がいい御仁だ。早速、ご自分の手柄にされるか」

吉蔵は村岡に気づかれないよう、そそくさと部屋に戻った。

征史郎は一人酒を飲んでいた。

「何か分かったか」

「吉太郎は離れ座敷におりました」

吉太郎が網蔵とお百合を相手に問い詰めていたことを語った。

「お手柄ってわけだな」

征史郎は祝杯だとばかりに銚子を向けた。吉蔵は顔を曇らせながら、

「それが、村岡さまがいらっしゃいました」

「吉太郎が呼んだのかな」

征史郎は小首を傾げた。

「いえ、それはないと思いますよ。この探索を通じて得た証を報告したうえでないと与力さまは動きませんからね」

「すると、村岡は自らの意志でここへやって来たのか」

「そういうことになりますね」

「手柄を横取りにしようというわけか」

「そうかもしれません」

「つくづく、根性の悪い男だな」

征史郎は鼻で笑った。吉蔵は顔をしかめた。

「どうした？」

「いえ、ちょっと気になることが」

「なんだ、言ってみろよ」

「村岡さまです。どうも、ここへいらしたのは初めてではないようなんです。女中や幇間達から挨拶を受けておりました。毎度、などと」

征史郎の目つきが変わった。

「おい、村岡は吉太郎にことのほか長寿庵の一件の探索に力を入れさせていたな」

「ええ、内偵も村岡さまの内命であったようです」

「匂うな」

征史郎は鬼斬り静麻呂を引き寄せた。

「村岡さまですか」

「考えてみたら、村岡は長寿庵の一件に肩入れをしている。単に手柄を横取りにするだけにしては大袈裟だ」

「村岡さまは網蔵と通じていると」

「そうかもしれんぞ」

征史郎は鬼斬り静麻呂を摑んで立ち上がった。吉蔵も立った。

「あら、もう、お帰りですか」

女中が顔を出した。

「ちょっと、厠だ」

征史郎はそう言うなり、廊下を足早に移動した。吉蔵も続く。巨体の征史郎が走ると廊下の人混みが両端に割れた。征史郎は焦りが先に立ち、

「どけ」

つい大声を漏らした。吉蔵が先触れをして離れ座敷の渡り廊下に至った。座敷は障子が閉じられていた。この暑いのに。

三

「村岡さま、これは、一体」

吉太郎はお百合を抱きかかえた。お百合は既に事切れていた。

「この女は亭主に毒を盛ろうとした。その結果、御公儀御小納戸頭取近藤英之進さまを殺した。そのような大罪を犯した者、成敗して当然」

村岡は傲然と言い放った。

「しかし、吟味はまだでございます。吟味を尽くしてから相応の処罰を下すのが我ら町方の役人のお役目ではないでしょうか」

「生意気吐《ぬ》かしおって」

村岡が鼻で笑ったところで、奇妙なことに気づいた。先ほどから網蔵が余裕の笑みを浮かべているのである。吉太郎の視線に気づいた村岡は、

「もちろん、お百合だけが悪党ではない。もう一人の悪党がいる、なあ、網蔵」

「へえ」

網蔵は悪びれもせず、村岡に目配せをされて障子を閉めた。どんよりとした空気が漂った。

「どういうことです」

吉太郎が目を泳がせた。脇の下に冷たい汗が滲む。

「お百合は自らの罪を悔いてあの世に旅立った。但し、一人で死ぬのはいやだと言った。そこで、お百合に惚れてしまった若い同心と心中を図る、とまあ、こういう絵図だよ」

村岡は抜き身を吉太郎に向けた。刃に血がべっとりとついていた。

「汚い、わたしを罠に陥れたのですか」

吉太郎は顔を歪めた。

「馬鹿な奴だ」

村岡は肩を揺すって笑った。

「それでも、十手を預かっているのですか」

「ああ、立派にな、なあ、網蔵」

村岡はおかしそうな顔を網蔵に向けた。

「ええ、ご立派な与力さまですよ」

吉太郎はその時気づいた。

「この前の博徒手入れの際、博徒どもは手入れを予想していたように下っ端ばかりしかおりませんでした。村岡さま、漏らされたのではないですか」

吉太郎はそのために村岡から同僚の面前で罵倒されたのだ。

「そんなこともあったな」

村岡はしれっと返した。

「なんという」

全身に怒りがこみ上げた。十手を握る手が汗ばんだ。

「話はこれまでだ」

村岡は刀を振り下ろした。吉太郎は十手を突き出した。刀と十手が交錯した。網蔵が匕首を向けてきた。吉太郎は背後に飛び退いた。が、その時、お百合の遺骸に足を取られてしまった。仰向けに倒れた。そこへ、村岡がまたがるようにして立った。

「観念しろ」

村岡は大刀を頭上に掲げ、そのまま切っ先を吉太郎の喉笛めがけて振り下ろそうとした。その時、

「待て!」

雷鳴のような声と障子が破れる音がした。

「な、なんだ」

網蔵の驚きの声が上がった。

征史郎は障子を蹴り飛ばして仁王立ちになった。

村岡が振り返った。

「貴様、どうしてここへ」

「そいつの友人だからさ」

征史郎は言い放った。村岡は征史郎の背後にいる吉蔵に気づいた。

「おまえ」

「お久しぶりでございます」

吉蔵は慇懃に挨拶を送った。

「おのれ、こうなったら……」

村岡は目を血走らせ網蔵を促した。網蔵が、

「野郎ども」

大声を発した。たちまち、どこにそれだけの人間が潜んでいたのかと思うほどの男達が降って湧いたように現れた。

「きやがったな、悪党ども」

征史郎はおかしげに言った。

「めんどうがなくなってよかった。これで、一遍に始末してやるさ」

村岡は網蔵に目配せした。

「やっちまえ」

網蔵の掛け声と共にやくざ者が殺到して来た。

四

「面白い」

征史郎は鬼斬り静麻呂を抜き放った。

刃渡り三尺の刃が夕陽を受け、茜に煌いた。生命を注ぎ込まれたように見えた。やくざ者にまじって浪人の姿もあった。

「二度にわたって襲って来たのはおまえ達だな」

征史郎は網蔵に言い放った。

「三度目の正直だ。今度こそ抜かるなよ」

網蔵は手下に気合いを入れた。

手下はどよめきと共に離れになだれ込んで来た。征史郎は鬼斬り静麻呂を大きく振り回した。手下は気圧《けお》されたように足を止める。離れが大きく揺れた。

「ここは狭い」

征史郎は戦いの場を庭に求めようとしたが、

「野郎！」

やくざ者が素直に従うはずもなく、匕首を腰だめにして突っ込んで来た。征史郎は左手を突き出し、やくざ者の襟首を掴んだ。そのまま吊り上げる。

「や、やめろ」

やくざ者は足をばたつかせた。征史郎は仲間に向かってやくざ者を投げつけた。手下どもの輪が乱れた。そのまま庭に降り立った。吉蔵と吉太郎も征史郎に続く。手下達は征史郎達を取り囲んだ。

「一気に押し包め」

村岡も庭に降りて来た。征史郎は吉蔵に番屋に駆け込むよう囁いてから、鬼斬り静麻呂を肩に担いだ。次いで、

「どうりゃ」

地も張り裂けんばかりの大音声と共に振り下ろした。やくざ者二人の肩と胴が斬り裂かれた。征史郎の闘争心に火がついた。暴れ牛のように群がる敵に向かう。浪人者も負けじと大刀を繰り出すが、征史郎を止められるものではない。腕を斬られる者、胴を割られる者、ついには首を刎《は》ねられる者が出るに及び、

「ひえ」

「化け物だ」

手下はすっかり怯え、誰からともなく逃げだした。

「馬鹿野郎、しっかりしろ」

網蔵の叱責に耳を貸す者はいない。征史郎は吉太郎に目配せした。吉太郎は網蔵に向かって十手を突き出した。

「まだ、勝負は終わっていない」

村岡が羽織を脱ぎ、庭に降り立った。

「村岡さま、潔《いさぎよ》く縛についてください」

吉太郎が十手を向けた。

「潔くするわけにはいかん」

村岡は口元に皮肉な笑みをたたえた。

「今、父が番屋に向かっております。おっつけ、捕方がまいりましょう」

吉太郎は落ち着いていた。

「わしの罪状は明らかになる。だから、今更助かろうとは思わん。だが、その前に花輪征史郎殿、勝負してくだされ」

村岡は静かに言った。吉太郎は異存ありそうだったが、

「ああ、いいとも」

征史郎は村岡がどんな剣を使うのか興味をそそられた。

「かたじけない」

村岡は一礼した。剣に対しては真摯な姿勢のようだ。吉太郎は網蔵に十手を向け逃げ出さないように目配りをした。

征史郎は八双に構えた。村岡は落ち着いた所作で大刀を抜いた。

と、刹那、

「てや」

村岡の身体が沈んだ。と、思うと敏捷な動きで大刀を横に払った。征史郎の足元を狙っている。お紺を大番屋に連れて行く途中に襲撃して来た浪人が見せたと同じ剣法だ。さては、同門なのか。だが、そんなことはこの際どうでもいい。

征史郎は後方に飛び退いた。村岡は容赦なく脛めがけて刀を走らせる。

「とうりゃ」

裂帛の気合いと共に、鬼斬り静麻呂を振り下ろした。村岡の刀と交錯した。村岡は勢いを殺《そ》がれ、足を止めた。征史郎はその隙を逃さず、村岡の懐に飛び込んだ。村岡は大刀で受け止めた。鍔迫り合いとなった。力は征史郎の敵ではない。征史郎は両腕に力を込めた。村岡の身体は後方に飛ばされた。

村岡は地に転がった。そこへ、裏木戸から女中が入って来た。吉太郎が、

「来るな」

と、叫んだ。女中は庭に転がる屍を見て呆然と立ち尽くした。村岡が駆け寄り、女中の喉仏に刀をあてがった。

「刀を捨てろ」

村岡は陰湿な目になっていた。

「なんだ、堂々と勝負をするのではなかったのか」

征史郎は傲然と言い放った。

「黙れ、こうなったら、町奉行所の手を煩わせるのも面白い。逃げられるまで逃げてやるわ。網蔵、行くぞ」

村岡は女中の喉笛を軽く刃で撫でた。女中の悲鳴が漏れた。征史郎は鬼斬り静麻呂を放り投げた。

「河瀬、おまえもだ」

吉太郎は歯嚙みしながら、十手を前に投げた。

村岡は網蔵に目配せした。網蔵は吉太郎の十手を拾うと池の中に投げ捨てた。次いで、征史郎の前にやって来て鬼斬り静麻呂も拾おうとする。その時、

「汚い手で触るな」

征史郎は網蔵を思いきり足蹴にした。網蔵の身体が後方に吹き飛んだ。網蔵は村岡とぶつかった。村岡は体勢を崩した。女中が投げ出された。征史郎は鬼斬り静麻呂を拾い上げ村岡に向かった。村岡はめったやたらと刀を振り回した。征史郎は両手を広げ、村岡に迫った。村岡はじりじりと追い詰められるように後退した。ついには、百日紅に背中がぶち当たった。

「武士らしく縛につくか、腹を切れ」

村岡は目に怯えの色を浮かべ、

「承知した」

と、着物の襟を広げた。

「武士の情け、介錯を」

村岡は大刀を腹に突き立てようとした。立ち腹を切るつもりかと注意していると、

やおら、

「馬鹿者」

突き立てようとした刀を征史郎に向けた。

「卑怯者」

征史郎は鬼斬り静麻呂に渾身の力を込めた。大上段から振り下ろされた鬼斬り静麻呂は村岡の肩先から鳩尾《みぞおち》、さらには百日紅の幹までも斬り裂いた。

鮮血が百日紅の白い花を真っ赤に染めた。村岡は百日紅と共に倒れた。

「南町もとんだ男を抱えていたものだな」

征史郎は懐紙で鬼斬り静麻呂を拭った。

「網蔵、観念しろ」

吉太郎に言われるまでもなく、網蔵はへなへなと大地に腰を落とし両手を差し出した。

「吉太郎、若、大丈夫ですか」

吉蔵が到着した。

「もう、すんだよ」

征史郎に言われるまでもなく、吉蔵は庭のありさまを見てうなずいた。

五

三日が過ぎた。

征史郎は忠光を訪ねた。忠光はこの前と同じく、庭で素振りをしていた。征史郎を待たせておいて手を休めることはない。相変わらずのへっぴり腰なのだが、征史郎の助言など聞く耳持たないといった風だ。そんな忠光の頑《かたく》なな態度に親しみが湧いた。

ひと汗流したことで気が鎮まったのか、

「疲れた」

忠光は充実した顔つきで木刀を置いた。小姓が素早く、汗を拭う。

「まだまだ、暑いのう」

忠光は降り注ぐ日差しと蟬時雨を振り仰いだ。

「まったくでございます」

征史郎も応じた。

「この暑いのに、おまえは食が細くなることなどないであろうな」

「それはないですな」

征史郎は当然とばかりに返した。

「羨ましい」

忠光はめっきり食が進まないことを嘆いた。ひとしきり、世間話を交わしてから、

「今回は思いもかけない結末を迎えたものじゃな」

忠光は長寿庵の一件が房州の網蔵がお百合を騙して善五郎を毒殺しようと企てたこと、その網蔵は村岡と通じていたことを語った。

「村岡が強引に久蔵を下手人に仕立てたのには、網蔵との繋がりがあったからなのですね」

征史郎は口に出してから、不快感がこみ上げた。

「まったく、とんだ男であった。あのままだったら、おまえの首も今頃はなかったかもしれぬな」

「そうですよね。そう思うと、ぞっとしますよ」

征史郎は肩をすくめた。その所作がおかしかったのか忠光は笑い声を漏らした。ひとしきり笑い終えてから、

「そうじゃ。上さま御上覧の相撲だが」

「ああ、そうだ。どうなりました」

「どっちが勝ったと思う」

忠光は勿体をつけるようにニヤリとした。

「さあ、薩摩ですか」

岩力太郎右衛門は無敵と思えた。忠光はかぶりを振り、

「仙台じゃ」

「仙台が。為五郎の奴はどうだったのです」

「勝ちおったわ。鮮やかな上手投げでな」

「勝ちましたか……」

為五郎のふてぶてしい面構えが瞼に浮かんだ。

「あ奴、よほどうれしかったのであろうな。土俵の上で辺りも憚らず泣きおったわ」

「ほう、為五郎が……」

宿願が叶ったのだ。うれし泣きもしたくなるだろう。胸が温かくなった。

「すると、木曽三川分流工事は薩摩に下されるのですか」

「そういうことになるな」

「ともかく、これで、決着がついたのですね」

「そうであればよいが」

忠光は顔を曇らせた。

「何かご心配なことがありますか」

「薩摩は田安卿と親しく交わっておるからな」

「まさか、田安さまが巻き返しに出られるとお考えなのですか」

「そうあってはならんと気を引き締めておるのだ」

忠光は腰を上げた。再び木刀を手に取る。

「まだ、がんばられるのですか」

「ああ、鍛えておかねばな」

忠光は冗談とも本気ともつかぬ顔で答えた。

「くれぐれも、ご無理はなさらずに」

征史郎は頭を下げると、その場を去った。


夕方、屋敷に吉蔵が訪ねて来た。

魚売りの格好でお房と元気にやり取りをしていた。

「おう、まあ、入れ」

征史郎も気さくな調子で吉蔵を中に誘った。

入ると、

「若、今回は本当にお世話になりました」

吉蔵は神妙な顔で頭を下げた。

「おれは、大したことしておらん」

「そんなことありませんよ」

「いいや、吉太郎の手柄だ」

「そう言ってくださるとうれしいんですが、若が助けてくださらなかったら、吉太郎はこの世にいないかもしれません」

吉蔵は土間に両手をついた。

「まあ、いいじゃないか。で、奉行所では村岡のこと落着したのか」

征史郎は吉蔵を立たせ、式台に座らせた。

「村岡さまのこれまでの罪状が次々と明らかになりました。網蔵に限らず、やくざ者や商人から多額の賄賂を受け取り、私腹を肥やしておったようです。網蔵は獄門です」

「吉太郎は」

「御奉行から感状と褒美として金十両を下賜されました」

吉蔵の顔は笑みのため皺でいっぱいになった。

「そうか、よかったな」

「剣術の稽古にも今まで以上に力が入っているようです。一件が落着し、明日は非番ですので、朝から坂上道場に通うと張り切ってますよ」

「よし、鍛えてやるか」

征史郎は自分のことのようにうれしかった。

最終章　秋　風

「花輪さま、これからですぞ」

　坂上道場の板敷に吉太郎の声が響き渡った。弥太郎が休憩を告げたにもかかわらず、吉太郎は木刀を置こうとしない。

「生意気言いおって」

　征史郎は言葉とは裏腹にうれしさがこみ上げた。少しの手合せで息を荒げていた吉太郎が見違えるようになっている。原因は長寿庵の一件を落着に導いたことにあることは明らかだ。あれ以来、所作に自信がみなぎっている。それは、剣にも見事に反映され、木刀が空気を切り裂く音が鋭くなり、目は鋭さを帯びていた。

征史郎は木刀を大上段に構え、吉太郎を誘った。吉太郎は爛々と目を輝かせ懐に飛び込んで来た。それをしっかりと受け止める。鍔迫り合いとなってぴくりとも動かない征史郎を吉太郎は強く押した。

「どうした」

征史郎の顔にはゆとりの笑みがある。吉太郎は歯を食いしばる。額から一筋の汗が滴り落ちた。

「たあ」

吉太郎は体勢を立て直そうと後方に引いた。とたんに、征史郎の木刀が視界から消えた。

――しまった――

と、吉太郎が思った時には征史郎は下段から木刀をすり上げていた。吉太郎の木刀は宙を舞った。

「まだまだ未熟ですね」

吉太郎は頭を下げた。

「いや、日に日に上達しているぞ」

「そうでしょうか」

「自信を持っていい」

吉太郎はうれしそうに頬を緩めた。征史郎は井戸端に誘った。

六月も終わりとあって風のそよぎに秋を感じる。紺碧の空が水色がかり、入道雲の代わりに鱗雲が顔を覗かせていた。蟬の鳴き声はするが、油蟬ではなくつくつく法師だ。

征史郎と吉太郎は井戸水で喉を潤した。征史郎は何気なく、

「大きな手柄を立てたし、剣の腕も上達した。あとは、身を固めることだな。親父を安心させろ」

と、自分のことを棚に上げた。軽く受け流すと思ったが、

「そうなのです」

吉太郎は思いのほか、真剣な顔つきを返した。

「おい、まさか、一緒になる予定があるのか」

ちょっとした驚きと祝福したい気持ちが湧いてきた。吉太郎ははにかんだように視線をそらし、

「一緒になりたいと思っている人がいます」

目元を赤らめた。以前の気弱な若者に戻っていた。

「その人とは夫婦約束をしたのか」

「いいえ、まだです」

「自分の気持ちは伝えたのか」

「いいえ、それも……」

吉太郎は身体をよじらせた。苛立ちを抑えながら、

「相手はおまえのことをどう思っているのだ」

「分かりません」

征史郎は鼻で笑い、

「岡惚れってことか」

「はあ……」

「自分の気持ちを伝え、相手の気持ちも確かめたらどうだ」

「それができれば、とっくにやっております」

吉太郎は頭を掻いた。放っておくことはできない気になった。

「しょうがないな。よし、おれに任せろ。おれがおまえの気持ちを伝えてやる。相手の気持ちも確かめてやる。うまくいくようにしてやるさ。で、誰なんだ、相手の娘は」

「それが……」

吉太郎は思い詰めたような顔でため息を漏らした。

「はっきりしろ。それでも男か」

征史郎に額を小突かれ、吉太郎は意を決したように、

「早苗殿です」

消え入りそうな声だったが、征史郎の耳にははっきりと刻まれた。言葉が出てこない。聞こえなかったのだと思ったのだろう。

「早苗殿です」

吉太郎は今度ははっきりと言い直した。無言で見つめ返すと吉太郎は打ち明けたことで開き直ったように、

「わたしは、早苗殿に惚れてしまいました。早苗殿は実にお美しく、お優しく、しっかりとしておられます」

早苗の魅力を言葉を尽くして語った。

釈迦に説法とはこのことだ。

早苗がいかに素晴らしい女性なのかなど吉太郎に教えられるまでもなく、征史郎にとっては太陽が東から昇るように当然のことだ。お経や祝詞《のりと》にしか聞こえない。だが、

そんな征史郎の胸の内など知るはずもなく、

「花輪さま、早苗殿にわたしの気持ちお伝えくださるのですね」

吉太郎は顔を輝かせていた。征史郎は我に返り、

「ああ、そうだな」

言葉に力が入らない。

言葉ばかりではない。全身が気だるくなった。吉太郎は手拭で顔を拭うと、

「花輪さま、稽古、続けましょう」

「先に行ってくれ。おれは、厠へ行って来る」

「では、お待ちしております」

吉太郎は足取りも軽く道場に戻って行った。背後で薫風を感じ振り返ると、

「吉太郎さま、逞しくなられましたね」

早苗の匂い立つような笑顔があった。胸が苦しくなった。

「そうですね」

生返事しか返せない。

「征史郎さまの熱心なご指導が報われましたわ」

「いやあ、あいつの精進の賜物ですよ」

早苗はうなずくと甘い香りを残し、使いに行くと木戸門に向かった。

「吉太郎が早苗殿を……」

なんとも言えぬ複雑な思いに胸を焦がされた。空に鳶が舞っている。いつか、吉蔵に言われた、

「鳶に油揚げをさらわれますよ」

という言葉が胸をついた。

征史郎の心に一足早い秋のもの悲しさが訪れた。

〔了〕

時代小説

二見時代小説文庫

父子《おやこ》の剣《けん》　目安番《めやすばん》こって牛征史郎《うしせいしろう》5

著者　早見《はやみ》　俊《しゅん》

発行所　株式会社 二見書房
東京都千代田区三崎町二－一八－一一
電話　〇三－三五一五－二三一一［営業］
〇三－三五一五－二三一三［編集］
振替　〇〇一七〇－四－二六三九

印刷　株式会社 堀内印刷所
製本　ナショナル製本協同組合

落丁・乱丁本はお取り替えいたします。
定価は、カバーに表示してあります。

ISBN978－4－576－09163－1
http://www.futami.co.jp/

二見時代小説文庫

憤怒の剣 目安番こって牛征史郎

早見 俊［著］

直参旗本千石の次男坊に将軍家重の側近・大岡忠光から密命が下された。六尺三十貫の巨躯に優しい目の快男児・花輪征史郎の胸のすくような大活躍！

誓いの酒 目安番こって牛征史郎2

早見 俊［著］

大岡忠光から再び密命が下った。将軍家重の次女が輿入れする喜多方藩に御家騒動の恐れとの投書の真偽を確かめよという。征史郎は投書した両替商に出向くが…

虚飾の舞 目安番こって牛征史郎3

早見 俊［著］

目安箱に不気味な投書。江戸城に勅使を迎える日、忠臣蔵以上の何かが起きる—将軍家重に迫る刺客！征史郎の剣と兄の目付・征一郎の頭脳が策謀を断つ！

雷剣の都 目安番こって牛征史郎4

早見 俊［著］

京都所司代が怪死した。真相を探るべく京に上った目安番・花輪征史郎の前に驚愕の光景が展開される…。大兵豪腕の若き剣士が秘刀で将軍呪殺の謀略を断つ！

父子の剣 目安番こって牛征史郎5

早見 俊［著］

将軍の側近が毒殺された！居合わせた征史郎に嫌疑がかけられる！この窮地を抜けられるか？元隠密廻り同心と倅の若き同心が江戸の悪に立ち向かう！

山峡の城 無茶の勘兵衛日月録

浅黄 斑［著］

藩財政を巡る暗闘に翻弄されながらも毅然と生きる父と息子の姿を描く著者渾身の感動的な力作！本格ミステリ作家が長編時代小説を書き下ろし

二見時代小説文庫

火蛾《かが》の舞 無茶の勘兵衛日月録2

浅黄 斑［著］

越前大野藩で文武両道に頭角を現わし、主君御供番として江戸へ旅立つ勘兵衛だが、江戸での秘命は暗殺だった……。人気シリーズの書き下ろし第2弾！

残月の剣 無茶の勘兵衛日月録3

浅黄 斑［著］

浅草の辻で行き倒れの老剣客を助けた「無茶勘」こと落合勘兵衛は、凄絶な藩主後継争いの死闘に巻き込まれていく……。好評の渾身書き下ろし第3弾！

冥暗の辻 無茶の勘兵衛日月録4

浅黄 斑［著］

深傷を負い床に臥した勘兵衛。彼の親友の伊波利三は、ある諫言から謹慎処分を受ける身に。暗雲が二人を包み、それはやがて藩全体に広がろうとしていた。

刺客の爪 無茶の勘兵衛日月録5

浅黄 斑［著］

邪悪の潮流は越前大野から江戸、大和郡山藩に及び、苦悩する落合勘兵衛を打ちのめすかのように更に悲報が舞い込んだ。大河ビルドンクス・ロマン第5弾

陰謀の径《みち》 無茶の勘兵衛日月録6

浅黄 斑［著］

次期大野藩主への贈り物の秘薬に疑惑を持った江戸留守居役松田と勘兵衛はその背景を探る内、迷路の如く張り巡らされた謀略の渦に呑み込まれてゆく……

報復の峠 無茶の勘兵衛日月録7

浅黄 斑［著］

越前大野藩に迫る大老酒井忠清を核とする高田藩と福井藩の陰謀、そして勘兵衛を狙う父と子の復讐の刃！ 正統派教養小説の旗手が贈る激動と感動の第7弾！

初秋の剣　大江戸定年組

風野真知雄［著］

現役を退いても、人は生きていかねばならない。人生の残り火を燃やす元・同心、旗本、町人の旧友三人組が厄介事解決に乗り出す。市井小説の新境地！

菩薩の船　大江戸定年組2

風野真知雄［著］

体はまだつづく。やり残したことはまだまだある。引退してなお意気軒昂な三人の男を次々と怪事件が待ち受ける。時代小説の実力派が放つ第2弾！

起死の矢　大江戸定年組3

風野真知雄［著］

若いつもりの三人組のひとりが、突然の病で体の自由を失った。意気消沈した友の起死回生と江戸の怪事件解決をめざして、仲間たちの奮闘が始まった。

下郎の月　大江戸定年組4

風野真知雄［著］

隠居したものの三人組の毎日は内に外に多事多難。静かな日々は訪れそうもない。 人生の余力を振り絞って難事件にたちむかう男たち。好評第4弾！

金狐の首　大江戸定年組5

風野真知雄［著］

隠居三人組に奇妙な相談を持ちかけてきた女は、大奥の秘密を抱いて宿下がりしてきたのか。女の家を窺う怪しげな影。不気味な疑惑に三人組は…。待望の第5弾

善鬼の面　大江戸定年組6

風野真知雄［著］

能面を被ったまま町を歩くときも取らないという小間物屋の若旦那。その面は、「善鬼の面」という逸品らしい。奇妙な行動の理由を探りはじめた隠居三人組は…

神奥《しんおう》の山　大江戸定年組7

風野真知雄［著］

隠居した旧友三人組の「よろず相談」には、いまだ解けぬ謎があった。岡っ引きの鮫蔵を刺したのは誰か？その謎に意外な男が浮かんだ。シリーズ第7弾！

密　謀　十兵衛非情剣

江宮隆之［著］

近江の鉄砲鍛冶の村全滅に潜む幕府転覆の陰謀。柳生三厳の秘孫・十兵衛は、死地を脱すべく秘剣をふるう。気鋭が満を持して世に問う、冒険時代小説の白眉。

栄次郎江戸暦　浮世唄三味線侍

小杉健治［著］

吉川英治賞作家の書き下ろし連作長編小説。田宮流抜刀術の名手矢内栄次郎は部屋住の身ながら三味線の名手。栄次郎が巻き込まれる四つの謎と四つの事件。

間合い　栄次郎江戸暦2

小杉健治［著］

敵との間合い、家族、自身の欲との間合い。一つの印籠から始まる藩主交代に絡む陰謀。栄次郎を襲う凶刃の嵐。権力と野望の葛藤を描く渾身の傑作長編。

見切り　栄次郎江戸暦3

小杉健治［著］

剣を抜く前に相手を見切る。誤てば死―何者かに襲われた栄次郎！　彼らは何者なのか？　なぜ、自分を狙うのか？　武士の野望と権力のあり方を鋭く描く会心作！

残心　栄次郎江戸暦4

小杉健治［著］

吉川英治賞作家が〝愛欲〟という大胆テーマに挑んだ！美しい新内流しの唄が連続殺人を呼ぶ…抜刀術の達人で三味線の名手栄次郎が落ちた性の無間地獄

二見時代小説文庫

刺客の海　もぐら弦斎手控帳3
楠木誠一郎［著］

弦斎の養女で赤ん坊のお春が拐かされた！　娘を救うべく単身、人足寄場に潜り込んだ弦斎を執拗に襲う刺客！　そこには、彼の出生の秘密が隠されていた！

水妖伝　御庭番宰領
大久保智弘［著］

信州弓月藩の元剣術指南役で無外流の達人鵜飼兵馬を狙う妖剣！　連続する斬殺体と陰謀の真相は？　時代小説大賞の本格派作家、渾身の書き下ろし

孤剣、闇を翔ける　御庭番宰領
大久保智弘［著］

時代小説大賞作家による好評「御庭番宰領」シリーズ、その波瀾万丈の先駆作品。無外流の達人鵜飼兵馬は公儀御庭番の宰領として信州への遠国御用に旅立つ。

吉原宵心中　御庭番宰領3
大久保智弘［著］

無外流の達人鵜飼兵馬は吉原田圃で十六歳の振袖新造・薄紅を助けた。異様な事件の発端となるとも知らずに……ますます快調の御庭番宰領シリーズ第3弾

秘花伝　御庭番宰領4
大久保智弘［著］

身許不明の武士の惨殺体と微笑した美女の死体。二つの事件が無外流の達人鵜飼兵馬を危地に誘う……。時代小説大賞作家が圧倒的な迫力で権力の悪を描き切った傑作！

二見時代小説文庫

快刀乱麻 天下御免の信十郎1

幡大介[著]

二代将軍秀忠の世、秀吉の遺児にして加藤清正の猶子、波芝信十郎の必殺剣が擾乱の策謀を断つ！雄大な構想、痛快無比！火の国から凄い男が江戸にやってきた！

獅子奮迅 天下御免の信十郎2

幡大介[著]

将軍秀忠の「御免状」を懐に秀吉の遺児・信十郎は、越前宰相忠直が布陣する関ヶ原に向かった。雄大で痛快な展開に早くも話題沸騰 大型新人の第2弾！

刀光剣影 天下御免の信十郎3

幡大介[著]

玄界灘、御座船上の激闘。山形五十七万石崩壊を企む伊達忍軍との壮絶な戦い。名門出の素浪人剣士・波芝信十郎が天下大乱の策謀を阻む痛快無比の第3弾！

豪刀一閃 天下御免の信十郎4

幡大介[著]

三代将軍宣下のため上洛の途についた将軍父子の命を狙う策謀。信十郎は柳生十兵衛らとともに御所忍び八部衆の度重なる襲撃に、豪剣を持って立ち向かう！

神算鬼謀 天下御免の信十郎5

幡大介[著]

肥後で何かが起こっている。秀吉の遺児にして加藤清正の養子・波芝信十郎らは帰郷。驚天動地の大事件を企むイスパニアの宣教師に挑む！ 痛快無比の第5弾！

二見時代小説文庫

暗闇坂 五城組裏三家秘帖
武田櫂太郎［著］

雪の朝、災厄は二人の死者によってもたらされた。伊達家六十二万石の根幹を蝕む黒い顎が今、口を開きはじめた。若き剣士・望月彦四郎が奔る！

月下の剣客 五城組裏三家秘帖2
武田櫂太郎［著］

〈生類憐みの令〉の下、犬が斬殺された。現場に残された崑崙山の根付――それは、仙台藩探索方五城組の印だった。伊達家仙台藩に芽生える新たな危機！

誇《ほこり》 毘沙《びしゃ》侍 降魔《ごうま》剣1
牧秀彦［著］

奉行所も火盗改も裁けぬ悪に泣く人々の願いを受け竜崎沙王ひきいる浪人集団〝兜跋組〟の男たちが邪滅の豪剣を振るう！荒々しい男のロマン瞠目の新シリーズ！

母《はは》 毘沙侍 降魔剣2
牧秀彦［著］

吉原名代の紫太夫が孕んだ。このままでは母子ともに苦界に身を沈めてしまう。元弘前藩士で兜跋組の頭・竜崎沙王は、実の妹母子のため剣をとる！第2弾

男《おとこ》 毘沙侍 降魔剣3
牧秀彦［著］

江戸四宿が、悪党軍団に占拠された。訳あって江戸四宿のそれぞれに向かった〝兜跋組〟四天王は単身、乗っ取り事件の真っ只中に。はたして生き延びられるか？

日本橋物語　蜻蛉屋お瑛
森　真沙子［著］

この世には愛情だけではどうにもならぬ事がある。土一升金一升の日本橋で店を張る美人女将が遭遇する六つの謎と事件の行方……心にしみる本格時代小説

迷い蛍　日本橋物語2
森　真沙子［著］

御政道批判の罪で捕縛された幼馴染みを救うべく蜻蛉屋の美人女将お瑛の奔走が始まった。美しい江戸の四季を背景に人の情と絆を細やかな筆致で描く第2弾

まどい花　日本橋物語3
森　真沙子［著］

〝わかっていても別れられない〟女と男のどうしようもない関係が事件を起こす。美人女将お瑛を捲き込む新たな難題と謎…。豊かな叙情と推理で描く第3弾

秘め事　日本橋物語4
森　真沙子［著］

人の最期を看取る。それを生業とする老女瀧川の告白を聞き、蜻蛉屋女将お瑛の悪夢の日々が始まった…なぜ瀧川は掟を破り、触れてはならぬ秘密を話したのか？

旅立ちの鐘　日本橋物語5
森　真沙子［著］

喜びの鐘、哀しみの鐘、そして祈りの鐘。重荷を背負って生きる蜻蛉屋お瑛に春遠き事件の数々…。円熟の筆致で描く出会いと別れの秀作！叙情サスペンス第5弾

夏椿咲く　つなぎの時蔵覚書
松乃藍［著］
父は娘をいたわり、娘は父を思いやる。秋津藩の藩金不正疑惑の裏に隠された意外な真相！鬼才半村良に師事した女流が時代小説を書き下ろし

桜吹雪く剣　つなぎの時蔵覚書2
松乃藍［著］
藩内の内紛に巻き込まれ、故郷を捨て名を改め、江戸にて貸本屋を商う時蔵。春…桜咲き誇る中、届けられた一通の文が、二十一年前の悪夢をよみがえらせる…

蓮花の散る　つなぎの時蔵覚書3
松乃藍［著］
悲劇の始まりは鬼役の死であった。二転三転する事件の悲劇と真相……。行き着く果てに何が待っているのか？　俊英女流が満を持して放つ力作長編500枚！

進之介密命剣　忘れ草秘剣帖1
森詠［著］
開港前夜の横浜村近くの浜に、瀕死の若侍を乗せた小舟が打ち上げられた。回線問屋の娘らの介抱で傷は癒えたが記憶の戻らぬ若侍に迫りくる謎の刺客たち！

流れ星　忘れ草秘剣帖2
森詠［著］
父は薩摩藩の江戸留守居役、母、弟妹と共に殺されていた。いったい何が起こったのか？　記憶を失った若侍に明かされる驚愕の過去！　大河時代小説第2弾！

遊里ノ戦《いくさ》　新宿武士道1
吉田雄亮［著］
宿駅・内藤新宿の治安を守るべく微禄に甘んじていた伊賀百人組の手練たちが「仕切衆」となって悪を討つ！　宿場を「城」に見立てる七人のサムライたち！